ハヤカワ
時代ミステリ文庫
〈JA1503〉

初《うい》花《か》

斬剣のさだめ

平茂 寛

JN092301

早川書房

8729

目次

初《うい》花《か》

斬剣のさだめ

登場人物

初花……………………………大奥の中臈にして血に飢えた剣の魔性
駿一郎…………………………初花に思いを寄せる飴売り
阿南田多聞……………………南町奉行所の例繰方同心。駿一郎の恋敵
美鈴……………………………初花を姉さまと慕う女商人
反町無格………………………無眼流の達人
松林蝙也斎……………………蝙蝠を思わせる超人的剣技を極めた男
亜久里…………………………異様な技を習得したゆえに世の表舞台から抹消された剣士
正木利充………………………奇気六術の遣い手
長谷川平蔵……………………火付盗賊改方長官
野村……………………………初花の後見役を任ずる大奥の実力者
徳川家斉………………………第11代将軍

第一章　火事《かじ》斬《ぎ》り

一

おびただしい火の粉が、男の体に絶え間なく降り注いでいた。

寛政《かんせい》六年一月十日。糀町《こうじまち》五丁目の小間物問屋《こまものどんや》を火元とする火事は、強い北風にあおられ、たちまちのうちに糀町全域を業火《ごうか》で包み込んだ。

地響《じひび》きにも似た音を立て、通りの両側に並ぶ商家が燃えさかっている。

「ふふ、ふふふ」

男は肩に積もった灰を払うこともなく、冷たい笑い声をもらした。その足元には十を超える死体が転がっている。

手に鍋を握ったままの女、はち切れんばかりに詰め込んだ風呂敷を背負う老爺《ろうや》、姉様《あねさま》人形を小脇に抱えた童女《どうじょ》など——その姿はさまざまだが、いずれも火に焼かれたのではなく斬り殺されていた。
　死体に残る断末魔《だんまつま》の表情には、凄まじいまでの恐怖と絶望が見て取れる。
　だらりと垂らした男の刀の切っ先から、奪い取った命の証《あかし》である血がぽたぽたとした
たっていた。
　男は三十過ぎと思え、整った顔立ちをしていた。
　艶光《つやひか》りする小袖《こそで》を着流しており、鮮やかな朱色の下着が襟元《えりもと》からのぞいている。裕福
な武家の総領《そうりょう》が遊興《ゆうきょう》を楽しむがごとき風情《ふぜい》を思わせた。
「ほほう」
　男が突如《とつじょ》目を光らせた。口の右端を捻《ねじ》るように持ち上げる。
　その視線の先に若い女が蒼《あお》ざめた顔で立っていた。
　歳は十六、七か。細かく身を震わせている。
「獲物を狩り尽くしたと思ったが、まだ残っておったか。しかも……」
　ただの娘ではない。芙蓉《ふよう》を思わせるとびきり美しい女だった。
　目は生き生きとした輝きで満ち、燃え狂う炎の光が入り込む余地を感じさせない。鼻
の形はたおやかで、それでいてすっと小気味よく通っていた。
「殺すのは惜しい気もするが、火中で可憐な花を散らすのも、またとない興趣《きょうしゅ》」

男は思い出したように刀の切っ先を持ち上げた。

するとと娘はきっと口を結び、強い視線で男を見た。蒼白《そうはく》だった顔にほんのりと赤味が差している。

「あなたさまが火事斬りなのですか」

刀を向けられているのにもかかわらず落ち着いた口調だった。恐れがゆえと見えた体の震えも消えている。

男はふふんと鼻を鳴らした。

「巷《ちまた》ではそのように呼ばれておるらしい」

「わたくしは初花《ういか》と申します。火事場の喧騒《けんそう》に紛《まぎ》れて人を殺《あや》める者がいるとの話を聞き、ここに参りました」

しゃべると薄紅《うすべに》色の唇のあいだから揃いのよい歯がのぞく。紅蓮《ぐれん》の光を浴びた歯は真《しん》珠《じゅ》色に輝いていた。

縮緬地《ちりめんぢ》の茶の小袖を細帯で結び、裾をふくらはぎがのぞく程度に端折《はしょ》っている。地味で目立たぬ服装が華やかな顔をかえって引き立てていた。

男は薄い眉をけげんそうにうごめかせた。

「拙者《せっしゃ》に会いに来たのだと？　酔狂《すいきょう》な者もおるものよ」

「あなたさまの名は兵藤勝之進《ひょうどうかつのしん》」

その一言を待っていたかのように火柱《ひばしら》が立ち上がり、ごうと音を立て大きく波打った。

「なぜ拙者の名を知っておる」

勝之進は糸のように細い目を少しだけ見開いた。

「間違いないようですね。それでは」

初花は右手を肩越しに運び、背に負った鞘《さや》から刀を抜いた。

刃渡りは一尺半ほど。定寸の刀より八寸短い。

「女だてらに、しかもその刀で拙者と戦おうと言うのか。こいつは気が狂いそうなほど面白い」

勝之進は口元に粘りつくような笑いを浮かべた。炎の色を映した目に殺伐《さつばつ》とした狂気が浮かぶ。

「いかようにも狂って下さいませ」

初花の意外とも思える言葉に、勝之進は薄眉《うすまゆ》を寄せた。

「拙者が恐くないのか」

「恐うございます。恐ろしいお方だからこそ刃《やいば》を交えたいのでございます」

「面妖《めんよう》な。人は恐れを抱けば逃げようとするものだ」

勝之進は口元に陰惨《いんさん》な笑いを浮かべた。

恐怖にかられて逃げ惑《まど》う者たちを次々と殺戮《さつりく》するときの気分でも思い出したのか。

「逃げずに立ち向かうと恐れは力になります」

初花はきっぱりとした口調で応《こた》えた。

横顔に貼りついた髪を右手で払うと、火にあぶられた黒髪がかりっとした手触《てざわ》りを返してきた。

十四歳にもなれば島田髷《しまだまげ》を結《ゆ》うのが普通だが、初花だけは十七になった今も髪を結わずに垂らしている。

ふっくらとした頰が、さらりと伸びた横髪になじむのが気に入っていた。

強い風が吹き、勢いを得た炎が怒濤《どとう》を思わせる雄叫《おたけ》びを上げた。

炎熱《えんねつ》のもたらす陽炎《かげろう》がゆらぐ中、初花と勝之進を隔《へだ》てていた三間の間合が瞬時に消え、二人の体が交錯《こうさく》してすれ違う。

大きな弧と小さな円。それぞれの刀の描く軌跡《きせき》が煙霧《えんむ》の中にしゃきりと浮かび上がった。

二人が振り返って再び対峙《たいじ》したとき、勝之進の左手首に赤い筋が生じていた。

筋から染み出た血が膨《ふく》らんで粒となり、すっと流れ落ちる。

勝之進は左手首を口に運び、ぺろっと血の味をたしかめた。あたかも初花の技倆《ぎりょう》を舌で測《はか》っているかに見える。

「初花とやら。これまで、どれだけ人を殺めてきた」

「なぜ、そのようなことをお訊《たず》ねになるのですか」

「血に飢えた者特有の気配をおぬしから感じるのだ。拙者と同類の呪われた匂いがぷんぷんいたす」

ばりばりっ。

大きな音を立てて、近くの商家が崩《くず》れ落ちた。

焼けつきそうな熱が噴き出し、初花の腕、ふくらはぎ、首筋をちりじりと焼く。

「あなたさまのご同類だとしたら、どうなさるおつもりで」

「そのような禍々《まがまが》しい者はこの世に一人いれば十分だ。女とて手心《てごころ》を加えぬ」

「ご冗談《じょうだん》を。相手が女だからと手加減《てかげん》するお方とも思えませぬが」

「それを言われると面目《めんぼく》ない。先ほどは甘く見ていたがゆえに不覚《ふかく》をとったからの」

勝之進はにやりと笑うと刀身《とうしん》を水平にした。初花の眉間《みけん》に向かってまっすぐ突き出す。

初花からは刀が点としか見えなくなり、攻守の間合を計るのが難しくなった。当然、太刀筋《たちすじ》も見極《みきわ》めにくくなる。

秘術を尽くして戦うとの勝之進の意思表示に違いなかった。

「嬉《うれ》しゅうございます」

初花は思わず悦楽《えつらく》の声をもらした。

恐れが極まったとき、初花の体の奥底に眠る獰猛《どうもう》な野性が目覚める。覚醒《かくせい》した野性は初花を闘鬼《とうき》へと変えた。戦いを好み、そこに悦《よろこ》びすら見出すようになるのだ。

荒ぶる心は、敵を喰らい尽くすか、おのれが斃《たお》れるまで鎮《しず》まらない。

強い風が吹きつけた。燃え上がる炎が、あおり立てるようにくねくねと踊る。

「うんっ」

初花は思い切りよく踏み込み、上段から外連味《けれんみ》のない打ち込みをした。

勝之進は刀身をこすり合わせるようにして初花の一撃を食い止めると、刀の鎬《しのぎ》で巧妙《こうみょう》に押して脇にしりぞける。

次いで正面ががら空きとなった初花に強烈な突きを放った。

そこまでまさに一瞬――初花はのけぞりながら跳《と》び下がり、串刺しとなるのをかろうじて免れた。

だが、度を超した瞬発《しゅんぱつ》の動きは初花の体に思わぬ疲弊《ひへい》をもたらした。一町を全力で駆け抜けたかと思うほど息が乱れている。

「ふふ、まだまだ」

勝之進は余裕を見せ、今度は左半身《ひだりはんみ》となって刀の切っ先を真後《まうし》ろに向けた。脇構《わきがま》えに似て非なる構えだ。初花からは柄先《つかさき》のみ見え、刀身が見えない。半身を相手の前にさらして攻めを誘っていながら、どこからどう反撃してくるかを読ませぬ不気味な構えだった。

「ああ、たまりませぬ」

初花は湧《わ》き起こる愉悦《ゆえつ》を隠せない。自然と頬がゆるんできた。

「妙な奴。なにが可笑《おか》しい」

勝之進が表情を曇らせた。

「あなたさまがお強いから」

初花は弾《はず》む呼気《こき》を交えながら答える。

「おぬしの言うことは、かいもく解《げ》せぬ。気でも違ったか」

「そうではありませぬ。お強いゆえに地獄を見せたくなったのです」

初花は一息に間合を詰めて袈裟《けさ》に斬り込んだ。

勝之進は右半身から左半身に転じるのと同時に、後方に向けていた刀を前に振り出す。

がきんという音とともに初花の刀が横に弾かれた。

弾かれた刀を元に戻すよりも、弾いた側の剣の戻りのほうが速い。

勝之進は、無防備《むぼうび》にさらされた初花の胴に凄まじい速さの突きを放った。

初花は身をよじりながら横に跳び、すれすれで凶剣《きょうけん》から逃れる。

薄ら寒い風が脇腹《わきばら》をすうっとかすめた。

「ふふ、地獄に落ちるのはおぬしのほうらしいな。攻めをかわす動きが先ほどより鈍《にぶ》くなっておるぞ」

勝之進がいたぶる口調で言う。

ときを選んだかのように北風がうなりをあげて吹きすさんだ。

着物の裾が千切れそうなほどはためく。

近くの商家が大きな音を立てて崩れ落ち、噴き出た熱が二人の体をむおっと包み込んだ。

「鈍くなったのではございません。速く動かなくてもよくなりましたの」

初花が笑って答えると、勝之進の顔に戸惑いが浮かんだ。

「拙者の動きを見切ったと言うのか。まさか……嘘であろう」

口では虚言《きょげん》だと決めつけながらも声に動揺が表れている。

たしかに勝之進が放った突きは、初花の着物にすら触れていなかった。

「次で終わりでございます。お覚悟を」

「おのれ、こしゃくな奴」

勝之進は追い詰められた獣《けもの》のごとく目を血走らせて仕掛けてきた。

烈《はげ》しい気迫《きはく》に気圧《けお》されたのか、ふいに風が止まる。

しゅぴん。

訪れた刹那《せつな》の静寂《せいじゃく》の中、鋭い斬撃《ざんげき》の音が響き渡った。

「な、なんと」

勝之進がおのれの手元に目を向け、驚愕《きょうがく》の表情を浮かべている。

刀を握ったままの手が、左右とも手首から離れて地面に落ちていた。

「空《くう》を断《た》つこと、これ斬剣《ざんけん》の妙《みょう》」

初花は誰に語るでもなくつぶやく。

再び風が吹き始めた。灼熱《しゃくねつ》の中にありながら、どこか涼しさを感じさせる。

「これでは戦えぬ。さあ殺せ」

勝之進は、気丈《きじょう》にも顎をしゃくって初花を促した。

「その必要はございませぬ」

「なぜだ。もはや抵抗できぬ相手では殺す気にもならぬと言うのか」

勝之進は、血の気を失った顔にあざけりの笑いを浮かべた。初花の甘さがそのうち命取りになると言わんばかりだ。

「いえ、そうする必要はもうないと申したまで」

「なに？」

問いかけたとき、勝之進の脇の下からびゅっと血が噴き出した。均整《きんせい》のとれた体が糸の切れた傀儡《くぐつ》のごとくその場に崩れ落ちる。

初花は動かなくなった勝之進を見下ろし、ぽつりとつぶやいた。

「これで一つ」

長い道のりは、まだ始まったばかりだった。

二

糀町五丁目は平時なら糀町の中でもっとも賑《にぎ》わう場所だった。

北側の半町《はんちょう》は呉服屋の「岩城升屋《いわきますや》」。江戸でも指折りの広い間口を誇る大店《おおだな》だが、今は炎の壁と化していた。

南側には蕎麦《そば》屋や漬物屋、豆腐屋、仕出《しだし》料理屋、木綿問屋、足袋《たび》取引所などさまざまな店があった。

こちらは、もとあった店の形をかたどるように、高さや幅の異なる炎をいくつも立ち上げていた。

「ふーっ。初花が殺られちまうんじゃねえかと胆《きも》を冷やしたぜ」

いずこからともなく現れた男が口をきいた。

面長《おもなが》で引き締まった顔を炎の光が照らし出す。

鹿《か》の子《こ》の手拭いを鉢巻《はちま》きしていた。濃紺《のうこん》の腹掛《はらが》けの下に、足首まである黒地の股引《ももひき》を穿《は》き、その上から井桁紋《いげたもん》を散らした焦げ茶の袢纏《はんてん》を羽織《はお》っている。

名は駿一郎《しゅんいちろう》。辻での飴売《あめう》りを生業《なりわい》としているが、初花から頼まれれば仕事をほっぽり出してなんでもする男だ。

「紙一重《かみひとえ》の差でした」

初花は刀身の血をぬぐいながら言った。

ひっきりなしに火花が降り落ち、髪や肌の焦げる臭いがする。この場から早く立ち去らねば生きながら火柱《ひばしら》となりかねなかった。

だが駿一郎はまるで別の場所にいるかのように涼しげな顔でいる。

瘦せ我慢をしているのだ。初花の前ではなにかと虚勢《きょせい》を張ろうとする。

「火事斬りが死んだと聞いてほっとする者も多いだろうぜ。なにせ江戸中の町人、いや武家の連中だってそうだ。みな震え上がっていたからな」

火事に乗じて見境《みさかい》なく人を斬りまくる男の噂は、江戸中を震撼《しんかん》させていた。

せっかく火事場から逃げかけたのに、先に火事斬りが待っていると聞かされ、火元に蜻蛉返《とんぼがえ》りして焼け死んだ者すらいる――と聞けば、どれほどの恐怖をもたらしているか想像がつくだろう。

ごおうっ。

風が吹くたびに炎が勢いを増し、猛烈な熱射が襲う。風が止まれば密な噴煙《ふんえん》が押し寄せて息苦しさが増した。苦《くる》し紛《まぎ》れに息を吸い込むと、ごほごほと咳《せ》き込む。

いよいよ切羽詰《せっぱつ》まった状況になっているのだが、初花がこの場を去ろうと言わぬ限り、駿一郎は動こうとしない。

初花も駿一郎といると意地を張ってみたくなるのだった。

そもそもの二人の出会いは、神田明神《かんだみょうじん》前で行われた我慢競《がまんくら》べの場だった。

一年前になる。氷柱《ひょうちゅう》の入った水に浸《つ》かり、その上から冷水を浴びる苦行《くぎょう》にどこまで堪《た》えられるかが競われた。

総勢三十人ほどの者たちが、男は褌一丁《ふんどしいっちょう》、女は白装束《しろしょうぞく》で参加したのだが、最後に残ったのが初花と駿一郎だった。

二人は最後まで音を上げず、見かねた頭取《とうどり》が我慢競べの終了を宣言して両者とも勝ちとした。

もっとも駿一郎は自力で水桶《みずおけ》の中から立ち上がれず、周りの者たちの手をわずらわせる失態《しったい》を演じた。

他の助けを借りずに桶から出た初花は、駿一郎に勝ったと思っているのだが、駿一郎は頑として負けを認めようとしないでいた。

ともあれ、それが縁となり、初花たちは交友するようになったのである。

「今回はまさに駿一郎の手柄《てがら》です」

初花がほほえみかけると、駿一郎は炎で火照《ほて》った顔をさらに赤くした。

駿一郎は「火事斬りは武家の者らしい」や「よく似た風貌《ふうぼう》の男が居酒屋で難癖《なんくせ》をつけていた」などの話を聞き込んだうえで、それらをつなぎ合わせてわずか三日で兵藤勝之進をあぶり出したのだった。

勝之進は大身《たいしん》の旗本である兵藤家の次男で、俗に部屋住《へやず》みと呼ばれる、家の跡継ぎになれぬまま飼い殺しになる者の一人だった。

　駿一郎は町屋で交わされる話や噂に常に聞き耳を立てていた。初花にとって、かけがえのない情報の収集役だ。

「手柄だって？　そいつぁ面白え。どんな褒美《ほうび》をくれるんでぇ」

　照れ隠しのつもりなのか、駿一郎は意地悪な口調で言った。

「褒美は鬼神組《きしんぐみ》です」

　初花はさくっと答える。

　鬼神組は神出鬼没《しんしゅつきぼつ》の強盗団だ。押し込んだ先の者たちを一人残らず殺す残虐無比《ざんぎゃくむひ》の手口から、誰の口からともなく鬼神組の名で呼ばれていた。

　江戸の夜をひときわ心細く、恐ろしいものにしている存在だ。

「いらねえよ。いくら物好きな俺でもそいつは遠慮するぜ」

「鬼神組を進呈《しんてい》するとは申しておりません。次にどこを襲うのか調べて欲しいのです」

「褒美が頼みごとだってのかい？　ったく、人使いの荒い女だぜ」

　不服そうに唇を尖《とが》らせたが、口調はそれほどにない。

　駿一郎は、初花から無理難題《むりなんだい》を持ちかけられても決して嫌とは言わなかった。初花にぞっこんだからだ。

「これを頼めるのは駿一郎を置いてほかにおりません」

そつなく付け加えると、駿一郎は満足の態《てい》を見せながらも、わざとらしく眉を寄せた。

「だが、そいつぁ難問だ。なにせ御役所《おやくしょ》（町奉行所）も火盗 改《かとうあらため》（火付盗賊改方）も捕縛《ほばく》できずにいるじゃねえか。どこから手をつけりゃあよいのやら」

「いつものごとくです。巷《ちまた》に流れる噂から真実の匂いを嗅《か》ぎ取って下さい」

でたらめに思える噂の裏にこそ隠された真《まこと》があるのさ――駿一郎が常々《つねづね》自慢げに口にする言葉だ。

「そいつを言われちゃあ、いよいよ断れねえな。ところでよう、鬼神組の動きを知ってどうするつもりなんだ」

「これまでと同じ。地獄にお連れして、そこで待つ鬼たちと引き合わせます」

駿一郎はぷっと吹き出した。

「鬼同士を見合いさせるってのかい。そいつぁ面白え趣向《しゅこう》だ。どんな塩梅《あんばい》になるのか、地獄に行って見てみてえもんだぜ」

「お望みならば」

初花がさらりと告げると、炎熱の中にひやりとした風が走った。

駿一郎が「はっ」と息を呑《の》み、機敏な動きで跳び離れる。

「くわばらくわばら。初花の前じゃあ滅多《めった》なこたあ言えねえ」

三間ほどの隔たりをとって笑みを浮かべた駿一郎だったが、「うへっ」と声をもらし真っ青な顔になった。

額の部分を断ち切られた鉢巻きが、ふわりと落ちてきたからだ。

駿一郎は慌てた仕草で額に掌《てのひら》を運び、感触をたしかめるようにすりすりとこすった。疵《きず》がないのをたしかめ、安堵《あんど》の息を吐き出す。

「大きな火の粉が鉢巻きに燃え移ったものですから。放っておけば髪の毛が燃えてなくなるところでした」

たしかに落ちた鉢巻きの結び目が黒く焦げ、ぶすぶすと燃えはじめている。

「そいつぁありがてえが、ずいぶんと乱暴な真似をしやがる」

初花は、顔をしかめている駿一郎に笑いかけた。

「わたくしは坊主頭が大の苦手。毛はふさふさないといけませぬ。駿一郎が髪の毛を焼かれて丸坊主になるのを見ていられなかったのです」

「けっ、よく言うぜ」

駿一郎は口こそ悪いが、ざっくばらんで陽気な男だった。

だが初花は、表向きの振る舞いに隠された鬱屈《うっくつ》を、初対面のときから強く感じ取っていた。一言で言えば、この世のすべてに対する遣《や》り場《ば》のない不満と怒りである。

それゆえ初花は、おのれの目的を遂げるための協力者として迷わず駿一郎を選んだ。

初花にとって十人目となる相手を駿一郎の目の前で屠《ほふ》って見せたのは、我慢競べのあった一月《ひとつき》後だった。

駿一郎は凄惨《せいさん》な光景に動揺を見せたが、「こりゃあまたとねえ気晴《きば》らしだぜ」と語り、初花の見立てどおり自ら協力を申し出てきた。

初花を前にしての痩せ我慢だったのかもしれないが。

火焔《かえん》の勢いはさらに強まり、あるものすべてを焼きつくそうとしている。

のんびり会話を続けているわけにはいかなくなった。

「少し暖かくなってきましたね。そろそろここを立ち去りませんか」

初花が告げると、駿一郎はほっとした表情を見せた。

「そうだな。このままじゃあ別嬪《べっぴん》と色男《いろおとこ》の蒸籠《せいろ》蒸《む》しができちまう」

今すぐにも動きたいのだろうが、余裕を見せるのを忘れない。

初花は駆け出した。半間《はんげん》もない火柱の隙間《すきま》を縫《ぬ》うようにしてすり抜け、肌を焦がさんとまとわりつく炎熱《えんねつ》を振り切っていく。

駿一郎の足音が初花を追っていた。

「おいおい待てよ……それにしても、なんてえ身のこなしだ。初花ってのは天女じゃねえかと思うぜ」

天女は天女でも闇の天女——そんな言葉が続いたように思えた。

駿一郎が付け加えたのか？　それとも初花自身の心の声だったのか？

初花は背に吹きつける熱風に押されるがごとく、進みをさらに速めた。

第二章　鬼神組《きしんぐみ》

一

二月《ふたつき》後の三月十一日。

江戸城大奥では奥女中たちの声がにぎやかに響いていた。

この日は吹上御苑《ふきあげぎょえん》で花見があった。将軍や御台所《みだいどころ》(正室)も姿を見せる春の一大行事である。

奥女中たちは御膳所《ごぜんじょ》の料理を肴《さかな》に花見酒を楽しんだ。味噌付きの団子《だんご》も定番として配られる。

穏やかな日を選んで催される宴は、満開の桜の見事さも相まって盛り上がった。

開放感あふれる野外での酒宴ゆえに、いつにも増して飲む量も進み、酒に酔って踊る者や、果ては泥酔《でいすい》して羽目《はめ》を外《はず》す女中までいた。

華やかな雰囲気は、花見を終えて大奥に戻ってきてからも続いていたのである。

大奥の北に、長局《ながつぼね》と呼ばれる東西に長い総二階の建物が四つ並んでいる。奥女中たちが居住する場所だ。

南から順に、一《いち》の側《かわ》、二の側、三の側、四の側と名づけられていた。

一の側には年寄《としより》が、二の側には御客応答《おきゃくあしらい》や古参の中臈《ちゅうろう》、御錠口《おじょうぐち》。三の側以降は表使《おもてつかい》など、格式別に分かれて居住している。

初花は一の側にある上の間で、年寄の野村からこんこんと説教を聞かされていた。

「あなたは上さまのお世話をしてさしあげる立場なのですよ。いつまで髪を結《ゆ》わずにいるつもりなのですか」

上の間とは長局の一階にある奥女中の居間で、九畳の広さがあった。襖《ふすま》に四ッ松を千鳥に並べた紋様が描かれ、天井には蝶を表した唐紙が貼られている。

初花は朱地の小袖の上に、鮮やかな紅《くれない》の打掛《うちかけ》を羽織っていた。

打掛の紋様は、鹿の子絞《しぼ》りで表した流水に十一の扇を浮かばせたもので、扇には刺繍《ししゅう》や摺箔《すりはく》、描絵《かきえ》によって松竹、菊、水仙、橘、楓、源氏車などが描かれていた。

金糸、金箔、色糸を贅沢《ぜいたく》に使った一領《いちりょう》である。

初花は将軍付の中臈だった。

中臈とは将軍の身の回りの世話をする奥女中の呼び名で、出番、半務め、非番を七人の三交替制で行っていた。

中臈に限らず御目見得《おめみえ》以上の奥女中はみな、片《かた》はづしと呼ばれる髪を結う。まとめた髪を巻き上げ、笄《こうがい》一本で留めるのだ。自由気ままな髪形は許されないのだった。

「ごらんのとおり髪がまだ短うございます。伸びた暁《あかつき》には結うつもりにて」

初花はぬけぬけと言い訳をする。

片はづしに結うためには、それなりの髪の長さが必要だが、初花の髪は肩まで届いていなかった。

「黙《だま》らっしゃい。髪が短いのは、あなたが切ってしまうからでしょう」

野村は細く引いた眉を怒らせた。

でっぷりと太った体に白い小袖をまとい、雪を載せた竹の葉と御所車を組み合わせた紋様の着物を打ち掛けている。

年寄とは大奥全体を仕切る役職名を示し、老婆を意味するわけではない。

野村は四十歳そこそこで肌艶《はだつや》がよく、女盛りを感じさせた。

奥女中には珍しい姉御《あねご》肌《はだ》の女で、八人いる年寄の中でも、ひときわ奥女中たちから厚い信頼を寄せられていた。

「上さまのお世話をさせていただく際に、長い髪は邪魔《じゃま》になりまする。さりとて結えば頭が重くなり、上さまのお求めに機敏に応じかねます」

戦いの際に邪魔になる――というのが本当の理由だが、それを口にすれば、初花の本性を知らぬ野村は白目を剝《む》いて卒倒《そっとう》してしまうだろう。

「髪だけではありませぬ。上さまの御所望をまたも断ったと聞きました。いったいなにを考えているのやら」

野村は大きく息を吐き出しながら、いかにも残念そうにつぶやいた。

目の下がほんのり赤い。花見酒がまだ体に残っているのだろう。いつもより口うるさいのは酔いのせいかもしれなかった。

将軍付の中臈は将軍にもっとも近いところで働くため、当然ながら将軍の目に留まる機会が多くなる。実際、将軍付の中臈には器量のよい女ばかりが選ばれていた。

将軍の寵愛《ちょうあい》を受けて子をなせば、本人のみならず親類縁者までも立身出世の栄誉に浴する。それゆえ中臈のほとんどは将軍のお手つきになることを望んでいた。

ところが初花は、家斉から夜とぎの指名を受けても断り続けている。

「わたくしは上さまが嫌いでございますので」

初花はぴしゃりと告げた。

「また、そのようなことを。聞くところによれば、あなたは上さまに笑い顔ひとつ見せぬとか。お手つきが嫌だとしても、お愛想《あいそ》申しあげるのが中臈たるものでしょう」

家斉から酒の相手を望まれるときもあった。

中臈の本務でもあるため断れないが、初花は終始ぶすっとした顔で侍《はべ》る。

それだけではない。艶やかな話題を好む家斉の心を冷ますかのように、戦記に登場する武将の武《ぶ》勇譚《ゆうたん》を朗々《ろうろう》と語るのだ。

家斉は「まるで兵学者から講釈を受けているようだ」と嘆《なげ》いているらしかった。

「どうしても笑えとおっしゃるのであれば、そういたしますが、あのお方に向ける笑いがあるとすれば多情をあざけるもののみ」

家斉は二十人を超える側室を置き、終生五十五人の子をなしたほどの性豪だった。

おのれの精力を強めるためにオットセイの陰茎を服用し、「オットセイ将軍」などと陰で揶揄《やゆ》された。

「馬鹿をおっしゃい。決して、そのようなことはしてはなりませぬぞ」

「わたくしはそれゆえに上さまに笑いかけぬのです」

「ぬぬぬ……」

野村は顔を真っ赤にした。

愛想もなければ手も出せない。家斉にとっては実に面白くない中臈だろう。

だが、それでも召《め》し放《はな》ちとならないのは、類《たぐ》い希《まれ》な初花の美しさゆえなのだと、野村はことあるごとに溜息交《ためいきま》じりで繰り返す。

そこまで家斉に惚《ほ》れ込まれながら、「嫌い」の一言でつっぱねる初花の心の内が、野村には解せないに違いない。

二

同日の夕七ツ（午後四時）。

深川《ふかがわ》を縦貫する大横川《おおよこがわ》に、菊川橋《きくかわばし》と名づけられた橋が架かっている。

川沿いに並ぶ本所菊川町《ほんじょきくがわちょう》の町屋をのぞくと、菊川橋の西側は武家屋敷ばかりが延々と続いていた。

その武家屋敷の一角――菊川橋から一町ほど進んだところに、火付盗賊改方《ひつけとうぞくあらためがた》長官長《は》谷川平蔵《せがわへいぞう》の屋敷があった。

広さは千二百三十八坪。専用の役宅《やくたく》が与えられる町奉行とは異なり、火付盗賊改は自らの屋敷を役宅として用いる。

平蔵は屋敷の中奥《なかおく》にある居間で、廻《まわ》り方《かた》与力から報告を受けていた。

廻り方与力は、町奉行所の定町廻《じょうまちまわり》同心と同様に江戸の町をくまなく見回っていた。

江戸は人の出入り、荷の搬入量ともけた外れに多い。

それだけに犯罪に結びつく違法な取引やいざこざが頻繁《ひんぱん》に発生していた。江戸で犯罪の起きぬ日はないと断言してもいいくらいだ。

日々変動する町屋の事情をつぶさに把握しておかねば、盗みや殺し、火付けなどの犯罪が起きたときに、迅速《じんそく》かつ適切な対処ができなくなる。

平蔵は見回りから戻った廻り方与力を呼び、その日の出来事や気がついた点など聞くのを日課としていた。

「話は変わるが、二月《ふたつき》前にあった糀町の火事跡で兵藤勝之進の遺骸《いがい》が見つかったのを憶《おぼ》えておるか」

与力からの報告が一段落ついたところで、平蔵は問いを切り出した。

「はい。火事場から逃げそこなって焼け死んだものと思われましたが、町奉行所の吟味《ぎんみ》方《かた》が検分《けんぶん》したところ、遺骸の脇に深い刀疵《かたなきず》が見つかり、斬り殺されていたことが判明いたしました」

「勝之進は火事斬りの犯人かもしれぬと目星をつけていた男だ。これから調べに入ろうとした矢先《やさき》ゆえ、まことに残念だった」

与力は検分の顚末《てんまつ》について付け加えた。

「勝之進のまわりに斬殺《ざんさつ》された町人たちの遺骸が数多くありました。勝之進が辻斬りに及んだところ、町人から思わぬ逆襲を受けて相討《あいう》ちとなった——吟味方はそのように判断したと聞いております」

「だが糀町の火事跡の遺骸は女と老爺がほとんどで、勝之進と対等に戦えそうな者はいなかった。違うか？」

「たしかに」

平蔵は丈《たけ》が五尺七寸もあり、かなりの長身だった。痩《や》せているが牛を思わせる長い顔をしているため、もっさりとした印象を与える。

顔の長さだけではない。顎の幅が頰と変わらぬほど広く、草をほおばるのにいかにも都合がよさそうに見える。

鈍重《どんじゅう》な外見とは逆に、頭の切れは常人の及ぶところではない。

幾人もの大盗《だいとう》を捕らえ、勧善懲悪《かんぜんちょうあく》を貫《つらぬ》きつつ人心の機微《きび》にも通じた名裁きは数知れず、さらには人足寄場《にんそくよせば》の設立に深く関わるなど、数々の業績を挙げてきた。

今や武家町人を問わず平蔵を知らぬ者はなく、かつての名町奉行大岡越前守忠相《おおおかえちぜんのかみただすけ》になぞらえて「今大岡」と呼ばれていた。

「勝之進を殺した者がほかにおるのだ。相手は世を騒がせた非道の辻斬り。あっぱれだと褒《ほ》めてやりたいが、殺しは殺し。何者の仕業《しわざ》かをたしかめねばなるまい」

「ははっ、しかと承《うけたまわ》りました」

開け放った障子のあいだから抜けるような青空が見えた。

植木が日毎《ひごと》に葉を広げ、中庭を新緑の輝きで埋めつつある。

「もう一つ聞きたい。鬼神組の件はどうなっておる」

平蔵の思考が一つの物事に滞《とどこお》ることはない。

「いまだ捕縛《ほばく》の足がかりが得られておりませぬ。根城《ねじろ》を見つけたとの報《しら》せは何度かございましたが、捕物に出向くともぬけの殻《から》ばかりで」

与力はおろおろとした顔で答えた。

「出没自在《しゅつぼつじざい》の悪党どもゆえ難儀《なんぎ》をするのは分かる。だが、あやつらに襲われた店は四十を超えた。町人たちは、次はおのれの番かと恐れおののいておる。これ以上のさばらせてはならぬ」

ふだんは温和で朗《ほが》らかな平蔵だが、ここぞというときは刃物のごとき鋭さを全身に漂わせた。

「分かっております。では」

与力はそそくさと立ち上がり、逃げるように出ていった。

「どれ」

一人となった平蔵は立ち上がり、縁側から中庭へと下りた。

中庭の一角に、長さ半間、幅一尺の板が渡してあり、そこに牡丹《ぼたん》の鉢を六つ並べてある。いずれも平蔵の庭には珍しい素焼きの鉢だった。

八年前に平蔵自身が種を播き、多忙な職務の合間を縫って水やりや花摘み、枝の剪定《せんてい》などを続けてきた。

「なにごとも辛抱《しんぼう》が肝心《かんじん》だ。おぬしらを育てるのと同じよ」

平蔵は人を相手にしているかのように牡丹に話しかけた。

二年前からようやく花を咲かせるようになっていた。蕾《つぼみ》の膨みようから想像して、五日後には今年最初の花が見られるだろう。

「それがしも四十九となる。いつ身を引いてもおかしくない歳となった。この一、二年でなんとか宿願《しゅくがん》を達成したい。大きな花をいっぱい咲かせて、この平蔵を励ましてくれ」

開花するようになったとはいえ、花の大きさや数など、株によって咲きように違いがある。

牡丹の株の一つが、怯えるかのようにふるんと震えた。

三

四日後の三月十五日。

奥女中のあいだでは、十日後に催される恒例《こうれい》の「五十三次」の話題で持ちきりだった。

その日は大奥の庭に東海道五十三次の宿場に見立てた名物の模擬店が並ぶ。

奥女中たちは大はしゃぎで名物を買い求めるのだ。

競うがごとく着飾った諸大名の姫君までやってくるため、大奥の庭が花園《はなぞの》に化したかと思わせる華やかな景観を作り出した。

そわそわとした気配の中、初花が戻るのを待ちかねていたように、部屋方《へやかた》のみつが声をかけてきた。

「井筒屋《いづつや》から使いが来ております」

部屋方とは奥女中の身の回りを世話する使用人で、初花はみつのほかに六人の部屋方を置いていた。

みつは部屋方のうち「お局《つぼね》」と呼ばれる職にあり、初花の部屋についての万事を任され、賄《まかな》いのいっさいを取り仕切っていた。

「わたくしのために選んだ逸品《いっぴん》を持参すると聞いています。ここに呼んで下さい。いつものように人払いを頼みますよ」

井筒屋は京橋にある小間物問屋だった。

みつは「ははっ」と答えて立ち上がった。

女にしてはがっしりとした体格をしており、武者絵のごとく目鼻立ちがはっきりしている。見てくれは実に頼りになりそうなのだが、人が好く、おっちょこちょいのところがあった。

みつの性格と外見の反するところが、初花にはたまらなく好ましい。

しばらくすると、みつが小簞笥《こだんす》を背に負った若い女を引き連れて戻ってきた。

若い女は小袖の上にまとった縦縞の袢纏《はんてん》を腰までたくし上げ、濃茶《こいちゃ》の細帯で結んでいる。さらに袢纏の上から真っ赤な襷《たすき》をかけていた。

美鈴《みすず》という名の女商人だ。井筒屋の店者《たなもの》で大奥の商いを任されていた。

男子禁制の大奥にあっては、商人もまた女に限って出入りが許されているのだった。

美鈴は座敷に入ると、小簞笥を下ろして深々と頭を下げた。

「本日は南蛮渡来《なんばんとらい》の逸物《いつぶつ》を持参いたしました。海の彼方《かなた》より参った船が難破し、水夫《かこ》も荷《に》も海の藻屑《もくず》と消えましたが、この品のみが岩場に流れ着いたと聞いております」

怪しげな曰《いわ》くを早口でまくし立てる。

話に引きこまれたらしく、みつが立ち去りがたい様子でたたずんでいたが、初花が一瞥《いちべつ》すると慌てた顔で襖を閉じた。

するすると足早に立ち去る音が聞こえる。

「日増しに口上が上手になりますのね」

初花が声をかけると、美鈴は顔を上げて悪戯《いたずら》っぽい笑みを浮かべた。

「でへへ。姉《あね》さま、変化《へんげ》の術もうまくなりましてよ」

初花に負けない美形の女だ。歳は同じ十七。丈《たけ》も初花と同じく五尺二寸あり、並みの男と変わらなかった。

「姉さま」と呼んだが、血のつながりこそあるものの姉妹ではない。

「では、さっそく腕のほどを見せていただきましょう」

初花は美鈴に背を向け、床の間にあった唐草文《からくさもん》の蒔絵《まきえ》化粧箱を取り出した。

美鈴も小簞笥から丸鏡、白粉《おしろい》箱、眉墨《まゆずみ》、紅《べに》入れ、筆の類《たぐい》を取り出す。次いで島田に結った髪を左右から挟《はさ》んで持ち上げると、すっぽりと抜け、下から短く切り揃えた垂髪《すいはつ》がぱらりと現れた。

二人は一尺の間隔になるまで互いの膝を寄せ合い、体の横に鏡台を置いた。その上に丸鏡を据える。

鏡に映った自らの顔の横に、相手の顔がある形となった。

「姉さま、勝負でございます」

美鈴の一声を合図に、二人は鏡に映ったおのれの顔を横目で見ながら、相手の顔に刷《は》毛《け》で白粉を塗り始める。

初花は美鈴の顔に厚く白粉を塗っていった。かたや美鈴はいったん塗った白粉を布で押し拭《ぬぐ》い、薄化粧に見えるようにしていく。

傍目《はため》から見れば、仲の良い姉妹が戯《たわむ》れ合っているように見えるだろう。

白粉を塗り終えると眉を引き、次いで紅を差した。

たちまちのうちに初花と美鈴の顔が入れ替わっていく。

二人は手を止めて互いの顔を見合わせ、「今日は引き分けのようですね」と笑い合った。

次いで互いの着物を脱いで交換する。初花が美鈴の鬘《かつら》を被ると二人は完全に入れ替わっていた。

初花は化粧道具を小箪笥に仕舞い込んで背負った。

美鈴に深々と頭を下げる。

「こたびの品は初花さまにはお気に召さなかったようでございますね。明日、別の品をごらんに入れます。今度こそ、お気に入られると思います」

「明日を楽しみに待っています」

初花が美鈴を演じれば、美鈴も当意即妙《とういそくみょう》に初花になりきった。

立ち上がって踵《きびす》を返した初花は、部屋を出て七《なな》ツ口《ぐち》へと向かう。

七ツ口とは大奥の出入り口の一つで、長局の一の側の南側にあった。独特の呼び名は夕七ツで閉まるからである。

将軍の出入りのほか、正式な行事の際に使う御錠口《おじょうぐち》を表玄関とするならば、勝手口と表現すれば分かりやすいだろうか。

七ツ口には大奥に出入りする八百屋や肴屋《さかなや》などの商人が詰めており、大奥で用いる食料品や必要品の売り買いがなされていた。

美鈴に扮した初花は、怪しまれることなく堂々と七ツ口を出て広敷御門《ひろしきごもん》に向かう。

広敷添番《そえばん》や広敷伊賀者の詰所の前を通ったが、出入りに厳しく目を光らせている役人たちにも咎《とが》められなかった。

この日の中臈の職務は非番だった。明日の朝まで、初花は奥女中から戦う女へと変わる。

四

一刻後、初花は神田明神の門前町に足を踏み入れた。

ここは駿一郎と我慢競べをした場所だ。

紫に変色した唇を震わせ、それでいて額には汗——あのときの駿一郎の顔を思い浮かべると、自然と頬がゆるんでくる。

初花は門前町の一角にある茶屋に入った。

一年前と同様に寒く風の強い日だった。ここまで歩いてくるまでに体の芯まで冷え切っていた。

店の中は午前《ひるまえ》とあって客が多く、給仕の娘が客のあいだをせわしげに動き回っている。

茶屋の多くは葦簀《よしず》掛《が》けの簡素な造りだが、ここは住居の一部を茶屋にした店で天井と壁があり、落ち着いた雰囲気だった。

壁に沿って畳の幅ほどの小上《こあ》がりが拵《こしら》えてあり、小上がりに囲まれた土間には床几《しょうぎ》が置かれている。客たちはそこに腰かけ、あるいは上がり込んで茶を楽しむのだった。

「またも鬼神組が押し込んだらしいぜ。三田五丁目の骨董屋を襲ったとか」

「あんな端っこまで手を伸ばすのかい。江戸中どこでも襲うって寸法だな。くわばらくわばら、恐ろしい世の中になったもんだぜ。おちおち眠ることもできねえ」

「笑わせるんじゃねえよ。おめえの住む裏長屋じゃあ、押し込みをしたって鍋釜ぐれえしか盗るものがねえ。そんなしけた場所に押し込むもんか」

客同士の話し声が聞こえる。

糀町の火事以降、火事斬りの所業はばったり途絶《とだ》えた。巷では火事に巻き込まれて焼け死んだと噂されたとか。

二月も経つと、火事斬りの話題は町人同士の会話から完全に消え失せていた。

今では、寄ると触ると鬼神組の話ばかりだ。

初花は奥の小上がりに上がり込んだ。点々と置かれた火鉢の一つに身を寄せる。

店の中央では、茶釜がちんちんと湯気を噴き上げていた。

給仕の娘に茶を頼むと、すぐに運んできた。

初花は湯呑みを両の掌で包む込み、口に運んで茶をすする。苦みの強い茶だが、ほんのりとした甘味もあった。湯呑みの半分ほどすすっていくうちに、指先に温もりが戻ってきたのを感じる。

風が吹くたびに暖簾《のれん》がばたばたと大きな音を立ててはためいたが、風に慣れた客たちは気にせず談笑《だんしょう》に耽《ふけ》っている。

「おお、この店だな」

店先から聞き慣れた声がした。

役人風の男が、すたすたと軽快な足取りで店に入ってくる。

店内にいた客たちの目をいっせいに集めるほど背が高い。六尺はあるだろう。

南町奉行所の例繰方《れいくりかた》同心、阿南田多聞《あなんだたもん》だ。例繰方とは、過去にあった犯罪と処罰の記録を調べ、罪状に応じた処罰の案を作成する職である。

多聞はいつも眼鏡をかけていた。眼鏡がないと三歩も進めないほど目が悪いため外すことができない。

体つきがすらりとして、なかなかの美男なのだが、分厚い縁《ふち》の眼鏡が面長の顔にまったく似合っておらず、女には縁《えん》がなかった。

初花を見つけると、蕩《とろ》けるような笑みを浮かべて近寄ってきた。

「よい店を選んだようだな。この匂いならば間違いはない」

火鉢の反対側に座るや、鼻をくんくんさせて、店に漂う餡《あん》の香りを吸い込んでいる。

給仕の娘が注文を取りにやってきた。

「茶を一杯、それと大福餅を三つ」

多聞の顔がこれ以上ないと言いたくなるほど、だらしなくゆるむ。

「ええっ」

娘が驚いた顔をした。この店で出す大福餅は餡が美味なだけでなく、大きいことでも有名だった。大の男でも二つ食べる者はそういない。

大福餅を載せた皿が運ばれてきた。三つを積み重ねているので、けっこうな高さがある。

「これだこれだ」

多聞は満足そうな声を発し、大きく口を開いて一つ目をぱくついた。
二、三度咀嚼《そしゃく》すると低くうなり、目の縁に愉悦の涙をじわっと浮かべる。
多聞は甘味をこよなく愛する男だった。初花からの呼び出しでやってきても、落ち合う場所に甘味が置いていなければ帰ってしまうほどだ。

初花と多聞はかなり薄いが血縁があり、旧知《きゅうち》の間柄《あいだがら》でもあった。

十年前にある事情で離ればなれとなっていたところ、昨年の雛祭りの日に鎌倉河岸の酒屋「豊島屋」の店先でばったり出くわした。

雛祭りに豊島屋と言えば、喉が涸《か》れるほど甘い白酒が有名だ。いかにも多聞らしい場所での再会だったと初花は思う。

風は相変わらず吹き荒れている。店先に目を転ずると、木《き》桶《おけ》が砂埃《すなぼこり》とともに転がっていくのが見えた。

「多聞さま、鬼神組についてなにか分かりましたか」

初花は声を落として問いかける。

駿一郎だけでなく、多聞にも鬼神組について調べるよう頼んでいた。

多聞のもとには未解決の案件も含め、吟味方が調べた事件の詳細《しょうさい》が書にしたためて持ち込まれる。

多聞は例繰方のほかの誰よりも、それを丹念《たんねん》に読み込んでいた。初花にとっては駿一郎と同じく大事な情報源だった。

多聞は返事をせず、黙々と口を動かしている。

一つ目の大福を平らげ、美味そうに茶をすすってから、ようやく口を開いた。

「鬼神組は江戸中のあちらこちらで罪業《ざいごう》を重ねておる。襲う先も大店《おおだな》から小商《こあきな》いの店までいろいろだ。どうにも掴みどころがない」

耳にした新しい話を一刻でも早く伝えたがる駿一郎とは異なり、多聞はなかなか口が重い。必ずと言っていいほど最初の弁は手応《てごた》えに乏しかった。

甘味を食べさせながらでないと、初花の知りたい内容をしゃべらないのだ。

「どうぞ」

初花は二つ目の大福を手に取り、多聞に差し出す。

多聞は目尻を下げて受け取ると、さっそくがぶりと口にした。

もぐもぐと咀嚼して一口目を飲み込むと、再び口を開く。

「今のところ分かっておるのは、六人組の盗賊であり、頭目が隆々として肉の塊のような男であることだけだ」

鬼神組の目を逃れて運よく生き残った店者の話だと、多聞は付け加えた。

「それだけでは鬼神組が次にいつどこを狙うのか読めませぬ」

初花は次の一口を食べるよう目で多聞を促す。

多聞は二口目をほおばり、ごくりと音を立てて腹の中に収めた。

「これから先はそれがしの推測となるが」

「構いませぬ」

初花は火鉢の上にぐっと顔を突き出した。

糀町で浴びた炎熱を思うと、火鉢の炭の熱などまったく気にならない。

「鬼神組のこれまでの所業を何度も読み返して明らかになった点が一つある。店者を多く抱えた店を襲うときは決まって満月の夜だ」

犯罪を分析して傾向を見出すのは、多聞の得意とするところだった。

だがそれを町奉行所のほかの者に伝えようとはしない。

本人の弁を借りると、その理由は「犯人探索は例繰方の職務にあらず」ということらしい。

「なぜ満月の夜を選ぶのでしょうか」

「分からぬ。ただ満月の夜に襲われた者たちは、いずれも目をそむけたくなるほどの酷《むご》い殺され方をしていた」

ひゅうっと風音が鳴った。殺された店者たちが放った悲鳴のように聞こえる。

「満月の光は気持ちを昂《たか》ぶらせ、人を狂わせると聞いた憶えがございます」

「狂乱した心を鎮《しず》めるために、多くの店者がいる店をあえて選び、惨《むご》たらしいやり方で殺していくというわけか」

鬼神組にとって盗みは二の次で、殺戮《さつりく》を楽しむために押し込みを繰り返しているようにも思える。

気がつくと、多聞は二つ目の大福の残りを食べ始めていた。

ときおり舌の先で唇についた餡を舐《な》め取りながら口を動かしている。

これほどに至福《しふく》に満ちた表情で甘味をほおばる男を初花は知らない。

町奉行所では、犯罪と処罰の経過を記録した御仕置裁許帳《おしおきさいきょちょう》にずっと眼鏡を光らせており、同僚と話を交わすときすらないと聞いていた。

今では変人扱いされて話しかける者もなく、いつもぽつんと一人でいるらしかった。

初花は、はっとして拳《こぶし》を握りしめた。

「今宵《こよい》の月は満月です。ならば賊《ぞく》は今夜、店者を多く置いた大店を襲うというのですね」

「間違っているかもしれぬが、ほかに奴らの動きを読む手立てがない」

初花はゆっくりと顎を上下させた。

「ならばその話に乗るのみでございます」

中臈の務めがあり、初花の動ける日は限られている。

肩透かしを食うかもしれないが乗ってみるしかなかった。

「問題はどこの大店を狙うかでございますね」

「残念ながら、それがしの調べはここまでだ」

「それで十分でございます。多聞さまのお話は言わば骨で、あとは肉をつけるだけ。それに打ってつけの者を呼んでおります」

「む、ほかにもここに来る者がおるのか。まさか」

多聞は眼鏡の奥にある目を不愉快そうにゆがめた。

初花は、そんな多聞を茶化すように告げる。

「ほうら、来ましたよ」

駿一郎が暖簾をくぐって茶屋に入ってきた。

五

鼻歌を歌いながら上機嫌で入ってきた駿一郎だったが、多聞を見たとたん苦虫を噛みつぶしたような顔となった。

大股で初花たちがいる小上がりに近づくと、喧嘩《けんか》腰《ごし》でしゃべり出す。

「おい、ここで初花となにしてやがるんでえ。抜け駆けは許さねえぞ」

「おぬしに文句を言われる筋合いはない」

多聞も目に警戒の色を浮かべた。

駿一郎は小上がりに上がり込み、初花と多聞を左右に見る場所に腰かけた。

火鉢を挟んで三者が顔を向き合わせた格好となる。

「人の恋路を邪魔する奴は豆腐の角に頭をぶつけて死んじまえってのを知ってるかい。おめえみてえな固い頭にちょうどいい豆腐があるんだ。今度持ってきてやるから、さっさとあの世に行っちまいな」

ともに初花と気心の知れた間柄《あいだがら》であり、初花に思いを寄せる点では恋敵《こいがたき》同士でもあった。

ただし初花はどちらにも関心がない。

「これはしたり。今度などと言わずに、その豆腐を今すぐここに持ってきたらどうか」

「その手は食わねえ。俺がここを離れた隙《すき》に初花とどこかにしけ込むつもりなんだろ。ったく、泥棒猫じゃねえか」

しけ込むためには初花もその気にならねばならないのだが、そんなことは二人の頭から素っ飛んでしまっているらしい。

初花は二人をたしなめた。

「そのような話をするためにお二人を呼び出したのではありません。わたくしにとっては駿一郎も多聞さまも、なくてはならないお方です」

駿一郎は「へん」と鼻息を荒らした。

「ずいぶんと褒めちぎってくれるが、俺は役人ってのがはなっから気にくわねえ。前々から言っているが、こいつと組むなんざ真《ま》っ平御免《ぴらごめん》さ」

「それがしも、このふざけた町人と組むのは遠慮いたす」

「なんだと。どこがふざけているんだよう」

「いい加減にして下さい」

初花は大声で一喝した。

店にいた客が話をやめて、いっせいに初花たちに振り向く。

が、すぐに何事もなかったかのように再び談笑を始めた。

「駿一郎、鬼神組についてなにか分かりましたか」

声を穏やかにして問いかけると、駿一郎はふて腐れた顔で語り始めた。

「京橋界隈《きょうばしかいわい》で遊ぶごろつきの中に、丁半《ちょうはん》の政《まさ》って博奕《ばくち》好きがいるんだ。こいつが、ろくな仕事もしてねえのに、ここんところやたら羽振《はぶ》りがいいと小耳に挟んでね。毎夜のごとく賭場に繰り出し、かなり張り込んで勝負をしているらしい」

駿一郎にはやくざの知り合いも多かった。

「続けて下さい」

「俺は二日ほど丁半の政の動きを追ってみた。すると霊岸島銀町《れいがんじましろがねちょう》界隈をさかんに歩き回ってやがるんだ。特によく足を運ぶのは銀町二丁目付近だった」

狼の群れにも斥候《せっこう》がいると聞く。

丁半の政が鬼神組の一員である確証はないが、駿一郎の話は無視できない気がした。

「銀町二丁目には下《くだ》り酒問屋が何軒も集まっています。目立って繁盛している店はありませんか」

「そりゃあ鹿島屋だろ。主《あるじ》の庄助ってのがなかなかの商売上手でな。霊岸島にある下り酒問屋の中じゃあ群を抜いている。店者の数もハンパじゃねえ」

多聞と駿一郎――この二人はやはり頼りになる。

初花は胸の高鳴りを覚え、おのれの膝を掌でぱしっと打った。

「鬼神組は今晩、その店を襲います」

「今晩だってえ？　ずいぶんと急じゃねえか」

多聞は話に加わろうとせず、おのれの役割は終わったとばかりに大福餅の皿に手を伸ばした。

が、皿の上を見てぎょっとした顔となった。

「面妖な。たしか大福は三つあったはず」

「あはは、さっきから美味しそうだと思って見ておりましたの」

初花は大福餅の一切れをほおばっていた。

八つに切り分けられた大福餅が、火鉢の縁に置かれた懐紙の上に並べられていた。もちろん八切れのうちの一つは初花の口に入っている。

大福餅を腹に収めた初花は、小上がりから土間に足を下ろした。

「い、いつの間にやったのだ」

神速《しんそく》の手技《しゅぎ》に唖然《あぜん》としている多聞をさておき、さっさと歩き出す。

六

青白い月明かりが人気《ひとけ》のない通りに降り注いでいた。

雲の塊が群れをなして浮かび、空をまだら模様に見せている。

夕刻まで吹き荒れていた風は嘘のように静まり、犬の遠吠えすら途絶えて聞こえなかった。

蔵地《くらち》を隔てて流れる新川《しんかわ》の波音だけが、ぴちゃりぴちゃりと響いている。

日中であれば頻繁に船が行き来する新川だが、今は子《ね》の刻《こく》が近かった。建ち並ぶ蔵のあいだから、ときおり船灯《ふなあか》りがもれてくるだけだ。

いずこからであろうか、小さな光の玉が一つ現れ、ゆらゆらと揺れながら町屋の一角に向かって進み始めた。

何者かが龕灯《がんどう》で足元を照らしながら歩いていた。龕灯の光に続いて数人の吐息が連なっている。

通りに沿った一軒の大店の前で、龕灯の進みが止まった。

光が上に向けられると、木の看板に彫り込まれた『鹿島屋』の文字が浮かび上がる。

「ここだ」

低く錆《さ》びた声が響くと、男たちは鹿島屋の店先に取りついた。

大戸《おおど》が下ろされており、中は寝静《ねしず》まっているようだ。

龕灯の光が大戸の横にある潜《くぐ》り戸に向けられた。

背の低い男が先端の湾曲《わんきょく》した鉄製の道具を取り出し、潜り戸のわずかな隙間に差し込む。

道具をぐいっとしゃくると、艪《ろ》の軋《きし》みに似た音がした。鍵を壊したらしい。

潜り戸に手をかけると、するすると横開きの戸が開いた。

男たちはうなずき合い、見張り番を一人残して鹿島屋の店内に入ろうとした。

「お待ち下さい」

突如響いた声に、男たちはびくりとして立ち止まり、あたりを見回した。

「聞いたか」

雄牛を思わせるずんぐりとした体の男が、茶頭巾《ちゃずきん》を被《かぶ》ったほかの五人に問うた。

この男だけは頭巾を被らず、彫りの深い顔をさらしている。

突き刺すような眼光の持ち主で、ほかの者たちとは一線を画す重々しい迫力を漂わせていた。賊の頭目《とうもく》であろう。

「へい、女か子供の声でしたぜ」

茶頭巾の一人が答えた。

雲にさえぎられ、すうっと月明かりが薄らいだ。

おぼろげに見えていた周囲の景観が闇の中に沈む。

「近くに隠れているに違いねえ。探せっ」

頭目が命じると茶頭巾の五人は、ぱっと散った。

どの者も尋常《じんじょう》ならぬ素早さで走る。夜目《よめ》が利くのか、ためらいを見せなかった。

しゅぴん、しゅぴん。

五人が動き出してからわずかの後、肉を断つ鋭い音が響いた。

「ぐえっ」

どさどさっと人の倒れ込む気配がする。

雲の覆いが去り、月明かりがじわじわと力を取り戻した。

笑みを浮かべて立つ初花の姿が白く浮かび上がる。

足元に二人の茶頭巾が転がっていた。

「おめえが殺したのか」

頭目が表情一つ変えずに問う。

「頬に浴びた返り血が見えませぬか」

「ほほう、言うじゃねえか。俺たちと戦うつもりか」

初花は全身をぶるぶるっと震わせた。

「それがためにここに参りました」

「だが、口ほどにもなくおめえは震えている。本当は恐いんだろ」

「恐うございます。それゆえに戦うのでございます」

右手で握った刀の柄をぷるんと振ると、刀身に貼りついていた血糊が飛んで、ぴしゃりと地面を打った。

「なんだって、てめえ、頭がおかしいんじゃねえのか」

「恐れを乗り越えて強い相手と命のやり取りをする——これほどの喜びはございませんん」

初花は草履《ぞうり》を脱ぎ捨てて裸足《はだし》になった。

着物の裾を思い切りたくし上げて帯に差し込む。

すらりとした白い脚が根元近くまで露わとなり、茶頭巾の男たちのあいだから唾《つば》を呑み込む音がごくりと聞こえた。

「色気でたぶらかすつもりらしいが愚かな手だぜ。今日は満月、こいつらは息を荒らすほどに色めき立っている。おめえの手足や首を引きちぎって、なぶりものとするに違いねえ」

残っているのは四人。正面に立つ頭目を筆頭に、初花を四方から取り囲んでいた。

初花は目線をぐるりと回し、月明かりが照らし出す男たちを見た。

右側に立つ男は初花よりもかなり背が低い。鍵をこじ開けた男だった。

「たまらねえ、いい女だ。殺すのがもったいないぜ」

手に提《さ》げた鎖をぶらぶらと揺らしながら、唾をからめた声で言う。

鎖の先には大きな分銅《ふんどう》がぶら下がっていた。鎖分銅と呼ばれる武器だ。

これを相手に投げつけ、鎖で刀を巻き落とし、あるいは分銅で体を打ち砕く。

左側にいる男は大小二本を腰に差していた。地に顔がつきそうなほど上体を折り曲げている。その姿は獲物《えもの》を狙う蜘蛛《くも》を思わせた。

言葉らしきものは発せず、きいきいと笑い声とも泣き声ともつかぬ声を発している。

初花の背後には枯れ木を思わせる痩せた男がいた。

ほかの男たちがむんむんとした精気を発しているのに、この男だけはまったく感じさせない。

「無」

男はおもむろに口を開き、短くつぶやいた。

死する者が幽鬼《ゆうき》となってその場に揺らいでいるようだった。

手を合わせずとも、いずれも手練《てだ》れの者ばかりだと分かる。

「ああ、たまりませぬ」

初花は思わず声をもらす。

手足の先にぴりぴりとした痺《しび》れを感じた。冷え切った体の末端に向け、血がぐんぐんと送り込まれている。

目の前の男たちを殺すことだけに心が定まっていた。

七

「きいっ」
甲高い声を発して蜘蛛男が初花に迫った。
地面すれすれの位置から斜め上に刀を斬り上げる。
初花は宙を駆け上がるがごとく飛び上がってこれをかわした。
そのまま上下逆さまの体勢となり、頭を軸にして円を描くように刀を振る。
月明かりの映す影が、らせん状の渦を巻いた。
蜘蛛男は地面を転がって初花の刃から逃げた。
初花が半回転して地面に足を置いた刹那、斜め後ろから鎖が走った。
右足に絡みつき、勢い余った大きな分銅が、がつりと足首に当たる。

「うん」

初花はうめいて膝を落とした。

蜘蛛男の攻めは、鎖分銅で初花の動きを止めるための陽動《ようどう》だったのだ。

男が鎖をたぐり寄せ、初花をその場に引き倒した。そこに蜘蛛男が高々と跳躍《ちょうやく》して飛びかかる。

逆手《さかて》に持ち替えた刀を両手で握り、初花を地面ごと突き刺さそうというのである。

蜘蛛男の衣が風を孕《はら》んでぶわっと鳴った。

続いて、ぐしゃっと鈍く湿った音が響き渡る。

「きひひっ、きひっ」

初花に覆い被さるように着地した蜘蛛男が、下卑《げび》た笑い声を立てた。

が、その笑いはすぐに「きいっ」との悲鳴に変わった。

蜘蛛男の刀は深々と地面を貫いていたが、そのあいだにあるはずの初花の体がない。

離れたところで鎖分銅を操っていた男が苦悶の表情でのたうち回っていた。脇差しが腹に突き刺さっている。

蜘蛛男は低い吐息をもらすと、頭をがくりと垂らしてその場に倒れ込んだ。

仰向けになった胸に刀が突き立っていた。

初花は足首の鎖をほどいて立ち上がり、蜘蛛男の胸から刀を引き抜く。

目の先に影のごとく揺らぐ痩せた男の姿があった。

「これは驚いた。突きを見舞うのと同時に、相手の脇差しを奪って遠当てに遣うとは」

乾いた笑いを混じらせながら言う。

初花は前に進もうとして苦痛に顔をゆがめた。分銅で痛めた右足首がうずいたのだ。

それでも躊躇《ちゅうちょ》せず、右足を引きずりながら痩せた男に迫る。

痩せた男は、左手で刀の鯉口《こいぐち》をじわりと切った。

冷ややかな殺気を発しながら音もなく間合を詰め、しゅっと刀を抜く。

両者は交錯して、そのまま走り抜けた。

「ん？」

痩せた男がいぶかしげな声をもらした。

その下から下半身だけが駆け抜けていき、四、五歩進んだところで重心を失って横倒しとなる。男は腰のところで上下に二分されていたのだ。

初花は、横に薙いだ刀を宙に向けて残心していた。

男の上体がぼとりと地に落ち、二、三度弾んでから力なく転がる。

焦点を失った瞳に星の光が虚しく映っていた。

八

「こいつらじゃあ、おめえの相手にならなかったと見えるな」

低く濁《にご》った声が斜《なな》め後ろから聞こえた。

初花は刀を引き戻し、ゆっくりと体の向きを変えて頭目に正対する。

頭目は筋骨隆々とした体つきをしていた。金剛力士像が命を得たのではないかと思わせる。

特に首から肩、胸、上腕の発達ぶりが著しかった。

この男はとてつもなく強い。先の三人とは比較にならない——そう感じ取ったとき、初花は足元からがたがたと震えてきた。

同時に腹の底から黒々とした歓喜がせり上がってくる。

頭目は興奮しているのか、しゅうしゅうと大きな鼻息を立てていた。

「美しさに息を呑むってのはこういうことか。殺してえ。美しきものを穢《けが》して破却《はきゃく》する。思うだけで血が沸き立つぜ」

「うれしゅうございます。湧き起こる血のすべてをわたくしに下さいませ」

初花は口元がゆるむのを感じた。

「合点承知だ。切り取ったおめえの首の口に、俺の生き血を注ぎ込んでやる」

「それは重畳《ちょうじょう》。あなたさまのお命ともども飲み干したいと存じまする」

「くっ、この野郎、目を光らせやがった」

頭目のだみ声が余韻を残す中、初花は斬りかかった。

「やあっ」

ざくっ、頭目が持ち上げた左手の肘に刀身が食い込む。

いつもならそのまま斬り下ろせるはずなのだが刀はそこで止まった。

「うおうっ」

頭目は初花の左腕をがしっと片手で摑むと、雄叫びとともに投げ捨てる。

初花は三間ほども飛ばされ、地面に叩きつけられた。

「鍛えあげた肉は鎧《よろい》となり、やわな刀など跳ね返すのさ。それにしてもやはり女だ。軽いのう。ふはは」

頭目はどすどすと足音を立てて初花に迫ってきた。

初花は上体を持ち上げ、刀を杖にしてなんとか立ち上がった。

迫り来る頭目の肩口に刀を振り下ろす。

頭目は二の腕を持ち上げて首に寄せ、半球の形に盛り上がった肉を刀身に向けた。

ごんという鈍い音とともに、刀が初花の手から跳ね飛ぶ。

頭目は初花の襟首をむんずと摑んで持ち上げると、大きく振り回して二度、三度と地面に叩きつけた。

襤褸布《ぼろぬの》のように横たわった初花を見下ろし、満足げな声を発する。

「女にしてはなかなかしぶとい奴だった。叩きつけられながら匕首《あいくち》を取り出すとは な。やはり最後はこれか」

頭目は初花が握る匕首を蹴り飛ばすと、腰の大刀《だいとう》を抜いて初花の頭の上に立った。棍《こん》棒《ぼう》を思わせる図太い刀をぶおっと振り上げる。

そのときである。

頭目の体のあちこちから血が勢いよく噴き出した。

「うおおっ」

頭目は大声で叫んで大刀を落とした。

そのまま力なくへたり込み、立ち上った初花をうらめしげに見る。

「なにをしやがったんだ」

「あなたさまの息を計っておりました」

頭目はかっと目を見開いた。

「叩きつけられながら、俺が虚《きょ》となるときを見抜いて斬りつけたってのか」

瞳の色が枯れていきつつある。

「はい。あなたさまの肉体が実《じつ》のときには鋭利な刃物とて通さないでしょう。ですが悲しいかな生身《なまみ》の体。実あるは虚あってこそ」

「なんてこった。やられっぱなしだと見せて、実はおめえの計算ずくだったとは」

頭目は雄牛のごとく「むおうっ」と吼《ほ》えたのを最後に事切《こと き》れた。

「虚を討つ、これ斬剣の極《きわ》め。これでまた一つ」

初花はつぶやく。頭目の耳には届かなかったが。

九

駿一郎がさっと姿を見せた。

「今度こそは年貢の納めどきだと思ったぜ」

雲の塊は去り、空は満天の星と月の光であふれている。

犬の遠吠えが聞こえた。夜鷹蕎麦《よたかそば》が鳴らす風鈴《ふうりん》の音も耳に響いてくる。

いつもと変わらぬ夜更《よふ》けの気配が、節々《ふしぶし》に残る痛みを癒《い》やしてくれる気がした。

「手強《てごわ》い相手でした」

初花はふうと息を吐き出した。よろけて倒れそうになる。

「おいおい大丈夫かい。手も足も疵だらけじゃねえか。痣《あざ》までできていらあ。俺がいい医者を知っている。そこに行こうぜ」

そこに多聞が現れた。駿一郎とは違う場所に身を潜めていたらしい。

「初花、こやつの妄言《もうげん》に乗せられてはならぬぞ。介抱《かいほう》するふりをして良からぬ場所に連れ込もうとする魂胆《こんたん》は明白」

ぴかりと眼鏡を光らせて言う。

「おいおい役人さんよ。おかしな言いがかりはやめてくんねえかい」

「初花はそれがしに任せよ。組屋敷《くみやしき》に連れ帰って手当てをいたす」

「屋敷に連れ帰ったら、疵を見せろなどと言って初花をひんむくつもりだろ。騙《だま》されちゃいけねえぜ」

またも始まった場もときもわきまえぬ言い合いに、初花は辟易《へきえき》とする。

「ご心配なく。お二人の世話になるつもりは毛頭《もうとう》ございません」

きっぱりと告げると、駿一郎と多聞は息を合わせたようにがくりと頭を垂れた。

性格はまるで違うのに、落胆する姿はそっくり同じ。初花は笑いたくなる。

赤ん坊の泣き声が聞こえてきた。

寝静まってはいるものの、この界隈にも町人たちの息吹《いぶき》が感じられる。

立ち直りの早い駿一郎がにこやかな顔で言った。

「火事斬りに加えて鬼神組までいなくなったわけだ。これでようやく枕を高くして眠れるぜ」

「そうはいきません。鬼神組に代わる何者かが、また現れるでしょう」

初花は首を振った。

「なぜだ」

多聞が満月を映した眼鏡を向けてきた。

「世人《せじん》の心に恐怖の種を播き続けるためです」

「え？　どういうことだい。おめえの言いてえことがよく分からねえ」

「駿一郎、江戸の町がすっかり変わったと思いませぬか」

初花は逆に問いかけた。

「道行く人の数は変わらねえ。日本橋や京橋の賑わいぶりだって同じだ。どこも昔と変わっちゃあいねえさ」

「表向きはたしかにそうです。でも、みんななにかに怯えている」

「恐いもんは誰にだってあるさ。今に始まったことじゃねえ。俺だって地震や雷は勘弁《かんべん》願いてえもんな」

初花は意図が伝わらぬもどかしさを覚えながら、問いかけを繰り返した。

「雷や地揺れを恐れるのは当然です。では、何者かが作り出した恐怖が、人々の行いや物言いを変えているとしたらどうですか」

しばし口を閉ざしていた多聞が話に加わってきた。

「それがしには心当たりのある話だ。失敗を恐れるがゆえに、人はすべき物事であると知りながら思い留まる。一方、恐怖を焚《た》きつけられると思わぬ行いに走る場合がある」

「そう、恐れは人の心と行いを大きく左右します。つまり恐れを巧妙《こうみょう》に利用すれば人を支配できるのです」

駿一郎が自らの頭を拳でごんごんと叩いている。話に従《つ》いていけないと言いたげだ。

「頼むぜ。もうちょっと俺にも分かるように話してくれよ」

「恐れとは生き物のようなもの。人の心に棲みつくと、根拠のない噂や悪意の流説《りゅうせつ》を喰らって、ぶくぶくと太っていきます」

勝手に自己増殖を始めるのだ。

「それなら分かるぜ。よくある話だ。噂に尾ひれがついていくってやつだろ」

「大きく膨らんだ恐怖は、人の行いや物言いを縮《ちぢ》こまらせるだけでなく、疑いの心や他人への不信をかきたてる。行き着く先には、互いを監視し合い、告げ口が横行する息苦しい世が待っているのです」

恐怖を用いて支配を目論《もくろ》む者の狙いは、そこにあると言っても過言ではない。

駿一郎が鼻息を荒くした。

「くそ面白くもねえ世の中だ。どうせなら、ぶっこわれちまうぐれえが丁度いい。だが、そんな姑息《こそく》な野郎にこの世を思い通りにされるのは俺も虫が好かねえ」

「恐れによる支配を企《たくら》む者がおるとしたら、おぬしはその者をどうするつもりなのだ」

多聞が再び口を開いた。

「この世から消し去ります」

初花はきっぱりと答えた。

「ならば、これまで倒してきたのは？」

「世人の心に恐れを植えつけるため投入された者たちです」

多聞がうなりながら問う。

「いったい誰なのだ？　恐れで世を支配しようと企む者とは」

「まだ分かりません。新たに現れる敵を倒していくしかないのです。そうして一歩一歩根幹《こんかん》に近づいていくのみ」

納得したのか、多聞は顎を少しだけ上下させた。

が、駿一郎は違った。

「おめえが手を出さなくたっていいと思うがな。誰かほかの者に任せておきゃあ、なんとかなるんじゃねえのかい。それとも、なにか別のこだわりでもあるのかい」

初花はおのれの肩がぴくりと動くのを感じた。

「こだわり」はある。それは復讐《ふくしゅう》なのだと心の中で叫んでいた。

だが、駿一郎にすべてを語る気持ちはまだない。

「他人をあてにして、自らはなにもしない。それは恐れによる支配を目指す者に荷担しているのと同じです」

「こだわり」には触れずに答えた。

「へへっ、痛いところを突かれちまったな。なんでもはっきり言いやがるぜ」

駿一郎は苦笑いを浮かべた。

「分かったぜ。つまらねえ今の世の中がもっと窮屈でつまらねえものになるってんだろ。それじゃあ俺の居場所なんぞなくなっちまう。ってこたあ、俺にゃあ初花を助けるしかねえってことか」

第三章　漆黒の剣客

一

六月十六日。江戸城内では恒例の御嘉祥《ごかじょう》が行われた。

将軍が大広間五百畳にずらりと並べた菓子を大名や旗本に下賜《かし》するのである。

菓子は片木《へぎ》に載せられた羊羹《ようかん》や饅頭などで、七ないし八種類あった。

もとは病魔退散《びょうまたいさん》を祈願する宮中の行事だったが、今では江戸城内のみならず大名家や町方にまで広まっている。

大奥も例外でなく、御台所自らの手で奥女中に菓子を賜《たまわ》った。

菓子の匂いが薄らいだ夕刻、初花は江戸城大奥の御座《ござ》の間にいた。

御座の間とは大奥における将軍の居場所だ。

初花は家斉から呼び出されて、酒の相手をさせられていた。

家斉は御上段《ごじょうだん》まで初花が上がるのを許して横に座らせている。膳の料理には手をつけずに酒だけをあおっていた。

御上段の南側にある御下段には、初花の後見役である野村が控えていた。

「初花、今日も仏頂面《ぶっちょうづら》ばかりを余に見せるのか。たまには笑え」

家斉は顔の上半分が額と言ってもよいほど額が広い。上瞼《うわまぶた》が厚く、仏像の半眼を思わせる目をしていた。

頑丈《がんじょう》そうな鼻の下に、男にしては小さめの口がある。

「理由《わけ》もなく笑うわけには参りませぬ」

初花はいつものごとくそっけない返答をした。

家斉は「そう来るか」とでも言いたげに口の右端を持ち上げる。初花とのやり取りを楽しんでいる風でもあった。

「女の笑みは男に極上の安らぎを与え、かつ獅子《しし》のごとく奮《ふる》い立たせるものだ。余は初花の笑みと引き替えに将軍の座を捨ててもよいとまで思っておる。それ以上の理由があろうか」

「う、上さま……」

野村が動転して、あわあわと口を動かしている。

「わたくしのほかにも大奥に女はおります。いずれも上さまに笑みを絶やさぬと聞いておりますが」

初花は冷めた口調で言った。

「ほかの者など、どうでもよい。初花の笑みを求めて満たされず、悶《もだ》え苦しむ余の心持ちが分からぬのか」

家斉は絞《しぼ》り出すような声で言った。

「笑わぬ妃《きさき》のお話をご存知でしょうか。王は妃の笑顔が見たいがため、ありとあらゆることをしたといいます。それがゆえに国は滅びました」

王が敵兵の襲来を示す偽りの狼煙《のろし》を上げたところ、自軍の兵が右往左往する様を見て妃は初めて笑ったのだった。

味をしめた王は偽りの狼煙を何度も上げるようになり、本当に敵が襲来したときには兵は動かなかった。

「なにが言いたいのだ」

「上さまは、わたくしの笑みと将軍の座を秤《はかり》にかけるとおっしゃいました。亡国の王とどこが違うのでしょう」

「これ初花、なんということを。上さま、どうかご容赦《ようしゃ》下さい」

野村が慌てふためいて口を挟んだが、家斉は手で制した。

「余を亡国の王だと言うのか」

低い声で初花に問いかける。

「それをお決めになるのは上さまにございます」

初花がきっぱりと言い切ると、家斉の目に冷徹《れいてつ》な光が宿った。

「亡国に導く女がいなくなれば、ことが済むというわけだな」

「御意《ぎょい》にございます。命乞いはいたしませぬ」

きりりとした目で見返すと、家斉は急に目をしょぼしょぼさせた。

つい戦士の顔をしてしまったと、初花は心の内で頭を掻く。

「強いのう。その心の強さが余にはうらやましくさえある」

「いえ、上さま。わたくしは臆病な女でございます。常に恐れを抱いておりまする。ただ……」

「なんだ？」

「恐れを進んで受け入れます。すると恐れが力になるのです」

家斉は初花から目を逸《そ》らし、ゆらゆらと首を振った。

「恐れを抱くと身も心も萎縮《いしゅく》して思いのままにならなくなるもの。力になるなど考えられぬ」

「恐れることを恐れなければよいのです」

「まるで禅問答《ぜんもんどう》じゃ。今宵《こよい》の話し相手は兵学者ではなく道士《どうし》らしい」

家斉は苦笑すると杯《さかずき》をぐいっとあおった。

最近は酒量が増え、愚痴《ぐち》ともとれる、とりとめのない話を長々と続けることが多くなった。

将軍の立場にそぐわぬ無力感を漂わせ、怯えたような目をするときすらある。

最大の権力者であり、すべて思いどおりの男がなにを恐れているのか。

酩酊《めいてい》してきたらしく、家斉の目がとろんとしてきた。

そのうちに、こくりこくりと居眠りをはじめる。以前には見られなかった姿だ。

「上さま」

初花は、座ったまま上体を揺るがしている家斉にそっと身を寄せる。

まどろみから醒《さ》めた家斉は、初花の体が触れているのに気づくと顔をほころばせた。

「御小座敷《おこざしき》にお連れを」

野村が襖の向こう側に声をかけた。

御小座敷とは大奥における将軍の寝室である。

二

その二日後。

長谷川平蔵は、牡丹の鉢にじょうろで水やりをしていた。

じょうろは太い竹筒の下側に水の出口を取りつけたものだ。平蔵お気に入りの道具で、ふだんは書院の地板《じいた》の上に飾りとして置いていた。

この時期の牡丹は水が欠かせない。梅雨が明けていないため雨の日が多いが、陽射しの強さを忘れて放置していると、鉢土が乾いて株を枯らす場合がある。

鬼神組六人の斬殺体が見つかったのは、この日から三月遡《さかのぼ》った三月十六日の夜明け前だった。平蔵自身も気忙《きぜわ》しく着物を整えて現場に向かったのを憶えている。

兵藤勝之進の場合と同様に、誰の仕業かは不明だった。

この一件を報せた鹿島屋の店者は、斬り合いらしき音が静まってから店先に出た。そのときには遺骸のほかはなにも見えなかったと語った。

平蔵は廻り方与力に鹿島屋近辺の住人への聞き込みを命じ、五日おきに結果を報告させていた。

日が経つにつれ記憶は薄れ、犯人の割り出しは難しくなっている。それでもあきらめるつもりはなかった。

「鬼神組皆殺しの一件、つまびらかになったか」

平蔵はいつもの問いかけを居間で控えている廻り方与力に繰り返した。

「今回もなにも……と言いてえところだが、ちょいと毛色の変わった話を耳にしましてね」

与力はぞんざいな言葉遣いながら、平蔵の関心を引く言葉を発した。

汗っかきの男で、頬から首に伝う汗を盛んに拭っている。

「ほほう。聞きたいものだ」

「斬り合いらしき音を聞いたという男を見つけたんです。その男が言うにゃあ、女の話し声も聞こえたってんでさ」

通りを挟んで鹿島屋とは向かい側にある店の奉公人から得た話だという。

五鉢すべてに水をやり終えた。

十分に水が行き渡ると、素焼きの鉢の底から水がどぼっと流れ出す。

平蔵はじょうろを地面に置き、右手の指先でおのれの顎の先を撫《な》でた。

「鬼神組を前にした女が、泣き声や悲鳴を上げるならともかく、話をしていたとは不可解だな」

「ついでに言うと、斬り合う音がしなくなった後も、女の声が聞こえたと」

湿り気を孕《はら》んだ風が吹き始めた。雨が降るかもしれない。

「その女が鬼神組を一掃《いっそう》したのかもしれぬ」

「まさか。鬼神組は女一人でどうこうできる相手じゃないでしょう」

言葉遣いのみならず、与力は平蔵に口答えまでする。

一月前に平蔵がこの男を廻り方与力に任命した。兵藤勝之進の一件を問い質《ただ》したときの与力に替えて登用したのだ。

どちらも平蔵の家来だが、人品《じんぴん》は今度の与力のほうがかなり劣る。不穏ささえ感じさせる男だった。

平蔵はぴしゃりと言った。

「糸口になりそうな事柄にはすべて当たるものだ。その女を捜せ。江戸中の女という女をすべて検分するぐらいのつもりでな」

「女の顔も体つきも分からねえのにですかい。そんなことより橋本町《はしもとちょう》の願人坊主の一件はどうなさるんでさ。なんとかして欲しいって訴えが再々あって」

「女の一件を片づけてからだ。兵藤勝之進に続いて鬼神組まで手を出すとはな」

平蔵が言い切ると、与力は大袈裟《おおげさ》に肩を竦《すく》めた。

「両方とも同じ女の仕業《しわざ》みてえな物言いですね」

「そのとおりだ。それがしには心当たりがある。まさかとは思うが」

「さすがは今大岡さまだ。女づきあいも広え塩梅で」

この与力は惚《とぼ》けた物言いばかりするが、いざ命じれば将棋の駒のごとく平蔵の意を汲《く》んで動く。

配下の与力同心の陣容を少しずつ改め、平蔵はそのような者ばかりを揃えてきた。

「もし、それがしの思ったとおりだとすれば放ってはおけぬ」

「どうなされるんで？　ひっ捕まえるんですかい」

「火盗改の面目からすればそうなるな。だが我らが役目を代わりに果たしてくれたと考えれば、褒美の一つでもやりたくなる」

「分かりやしたぜ。その女が見つかったら、これ以上無茶な振る舞いはしねえように諭したうえで放免《ほうめん》って寸法でしょう」

与力の先読みに、平蔵はくすりと笑いをこぼした。

「さ、それはどうかな。ともあれ、久々におのれの足で巡邏《じゅんら》したくなったぞ」

平蔵は中庭から縁側に上がると、袴の裾を伸ばし整えた。

「ついて参れ」

廻り方与力を引き連れて居間から出ていく。

ぼつりぼつりと大粒の雨が落ち始め、中庭の植木を叩きはじめた。

葉の一枚に当たって弾けた雨滴が、中庭の隅に散らばった素焼きの鉢の破片にまで飛んだ。

破片の散らばりの中央に、根まで剝き出しとなった牡丹の株が枯れて転がっていた。

三

翌日の午過《ひるす》ぎ。初花は神田岩本町にある茶屋で駿一郎、多聞と会っていた。

店の名は松屋という。

葦簀掛けの粗末《そまつ》な店だが、葛餡《くずあん》がたっぷりとかかったみたらし団子が美味いと評判だった。

店の真ん中に炭火が熾《おこ》してあり、金網の上に串に刺した団子が並べてある。

三十がらみの女が額の汗を拭いながら渋団扇《しぶうちわ》を振っていた。

女の横には、できあがったみたらし団子が大皿に並べられている。

「これじゃあ店もあがったりだな」

駿一郎が、みたらし団子をほおばる多聞を憎々しげに見ながら言った。

客の足が絶えない店だと聞いていたが、この日の客は初花たちだけだった。

表通りにも人の姿がほとんどない。

「みな、願人坊主たちを恐れて出歩くのをやめているのでしょう」

願人坊主とは僧籍に入れぬ貧乏坊主だ。

大道芸を見せたり、願掛けの苦行の代行を引き受けたりして日銭を得ていた。

ときには托鉢《たくはつ》を装《よそお》って町屋を巡り、銭を乞うときもあった。

岩本町にほど近い橋本町は願人坊主が多くいることで知られ、橋本町四丁目には願人坊主ばかりが住む長屋まである。

八日前だ。刀を手にした願人坊主たちが橋本町にぞろぞろと現れ、通りを行き交う者たちに次々と斬りつけた。

その日を境に夕刻になると、連日姿を見せるようになったのだ。

ために、日が暮れかかると橋本町のみならず周辺の町屋まで、ぱったりと人通りが途絶えた。

「今のところは橋本町だけだが、いつ近隣《きんりん》に飛び火するか分からぬ。周辺の町人たちが警戒するのもいたしかたない」

多聞が口を挟んだ。みたらし団子を五本平らげ、ようやく話に加わる気になったらしい。

「甘いもんばかり食ってるんじゃねえよ。暑苦しいったらありゃしねえ」と悪態《あくたい》を吐《つ》いた駿一郎だったが、初花にとって気になる一言を添えた。

「昨日聞いた話なんだが、願人坊主どもを率いている男がいるらしいんだ」

「駿一郎、子細を教えて下さい」

願人坊主たちは恐怖の種を世人の心にまき散らしている。

勝之進や鬼神組のときと同様に、恐怖で世を支配しようとする者たちの新たな動きと思えた。

そこで初花は、五日前に駿一郎と多聞に詳しい状況を調べるよう頼んだ。

願人坊主たちを率いている男がいるとすれば、その男こそ初花が次に倒すべき相手ではないだろうか。

「それが座頭《ざとう》だってんだ。しかも名前がへんちくりんなのさ。たしか反町無格《そりまちむかく》とか」

多聞が、「むっ」と苦しげな声を発した。

喉が膨らむほどの大きな塊をごくりと飲み込み、ふうっと息を吐く。

「反町無格――無眼流《むがんりゅう》の始祖三浦源右衛門《みうらげんえもん》の門人中、もっとも優れていると言われた武人だ」

「無手勝流《むてかつりゅう》ならともかく、無眼流なんて聞いたことないぜ」

駿一郎に限らず、江戸っ子は語呂合《ごろあ》わせが好きだ。ちなみに無手勝流は「戦わずして勝つ」流儀を言うのであって、武術の流派ではない。

「三浦源右衛門は吉岡流など十八の武流の奥義《おうぎ》を極めたとされる。それらを総合して打ち立てたのが無眼流だ。その特徴は心のあり方を重んじる点にある」

多聞は武術の流派や由来に詳しかった。腕はからきし冴《さ》えないのだが、武術について蘊蓄《うんちく》を語り出したら止まらなくなる。

このときばかりは、大好物の甘味が目の前にあっても食べようとしないほどだった。

「心のあり方とは？」

「真剣で戦う場では一瞬で命を落とすかもしれぬという極限の緊張がある。そこでは技倆よりも胆力《たんりょく》が大事だ。加えて勝負を決する要所は読みだ。間合を読み、気配を読む。いかな場でも冷静さを保たねばならぬ。ゆえに無眼流では心に重きを置いた鍛錬を旨とした」

丸一日刀に触れずに座り続け、おのれの心と対峙させる稽古もあったという。

「反町無格は極意《ごくい》に早く達したいがために自らの手で目を潰した。目に映るものは煩悩《ぼんのう》と雑念《ざつねん》を生み出すものばかり。心の修行に邪魔というわけだ」

「へへっ、無眼流って流派の名にこだわり過ぎた挙《あ》げ句《く》じゃねえのかい」

初花は駿一郎の駄弁《だべん》を聞き流し、多聞に問いかけた。

「その無格が願人坊主たちを従えているのだと？」

「いや、本物の無格は五十年前に死んでおる。別人が無格の名を騙《かた》っているに違いない。だが、名乗る以上はそれなりの遣《つか》い手と考えておいたほうがよいだろう」

表通りを犬の群れが通り過ぎた。

野良犬が群れをなして、我が物顔で通りの真ん中を闊歩《かっぽ》しているのだ。

人の姿が消えるのと同時に、どこからともなく集まってきていた。

昼間なのに、通りの両側にある店のほとんどが大戸を下ろしている。

この茶屋をのぞけば、蠟燭《ろうそく》や薪炭《しんたん》などの暮らしに欠かせない品を売る店ぐらいしか開いていなかった。

「それにしても腑《ふ》に落ちねえ。それだけ坊主どもが好き勝手ほうだいにしているのに、御役所や火盗改はなにをしているんでい」

「願人坊主たちの騒動に定町廻り同心が巻き込まれて殺されてからというもの、町奉行所は及び腰だ。火盗改も動きを見せておらぬ」

火付盗賊改方は凶悪犯への対処を目的に作られた。願人坊主騒動の取り締まりは打ってつけの仕事だと思えるのだが。

「なぜ火盗改は動かないのですか」

「それがしにも分からぬ。ほかの物事に忙殺《ぼうさつ》されて願人坊主の一件まで手が回りかねるのかもしれぬ」

「そいつぁおかしいだろ。人通りがなくなっちまうほどに、みんな恐れているんだぜ。願人坊主どもをどうにかするのが先だろうが」

役人嫌いの駿一郎らしく舌鋒《ぜっぽう》鋭い。町奉行所の役人である多聞へのあてつけも含まれていた。

多聞はそんな揶揄《やゆ》は気にしない。

「願人坊主の一件のみならず、江戸の治安《ちあん》の乱れはこのところ目に余る。そのため火盗改の人員を増すべきとの話がある。さらに吟味抜きの斬り捨てを常道《じょうどう》の手立《てだ》てにすればよいとの声まで出ておる」

火盗改の手荒いやり方は、町人たちから嫌われ恐れられていた。

これだと目をつけた者を拷問で責め立てて自白させ、事実の如何《いかん》とは関係なく断罪《だんざい》に処《しょ》す。抵抗する罪人には斬り捨てても辞《じ》さない――そのやり方をさらに強化するというのだ。

「ちっ。手前勝手な論法だぜ」

「それだけではない。我らにとって少々難儀な事態になってきておる」

多聞が眼鏡をきらりと光らせた。

「どういうことですか」

「三月前に初花は鬼神組を成敗した」

「そうさ。よくやったぜ」

合いの手を入れるように駿一郎が口を挟む。息の合いようだけ見ていると恋敵同士とはとても思えない。

「だが火盗改からすれば、斬られたのが極悪人であっても殺しに変わりはない。犯人の捕縛に向けて動き出したという」

「ふざけてんじゃねえよ。てめえらの仕事の肩代わりをしてやったんじゃねえか。感謝されて当然なのに、なんてえ了見《りょうけん》だ」

怒り狂う駿一郎をさておき、多聞は冷静に話を続けた。

「どこで目が光っているか分からぬ。慎重にことを済まさねば、火盗改を敵に回す羽目になるぞ」

「分かりました。それより陽が暮れてきました。そろそろ橋本町に向かわねば」

初花は多聞らを残し、ひとり店の表に出た。

「おい、初花待てよ」

駿一郎があとを追って茶屋から駆け出てきた。

「どうしたのですか」

「おめえほどの別嬪が通りを行けば、願人坊主どもが必ず出てくる。まかり間違って野郎どもの手に落ちたら大変じゃねえか。俺はついていくぜ」

駿一郎では、来たところで頼りにはならないが。

「多聞さまはどうなされると」

「ちっ、あんな野郎のことを言わせるんじゃねえよ。あと二串は団子を平らげにゃあ満足しねえんだとよ」

「ぷっ、多聞さまらしい」

空はどんよりと曇っている。じっとりと湿った空気が滞り、昼間よりも蒸し暑い気がした。

だが橋本町までは一町あまりしかない。汗をかかぬうちに着くだろう。

四

橋本町のもとは寺地《てらち》だった。明暦の大火後、寺が他所に移った跡に町屋ができたという。

そのためか、町屋となった今も寺地を思わせる空気を残している。

いまだに漂う線香の匂いに誘われて、願人坊主たちが集まってくるのかもしれなかった。

橋本町は通りを挟んでの両側町で、通りを突き当たったところが神田《かんだ》富松町《とみまつちょう》。富松町の東には関東代官の大屋敷があった。

初花たちのほかに通りを歩いているのは、旅姿の男が二人だけだった。

橋本町に近い馬喰町《ばくろちょう》には旅人宿が建ち並んでいた。旅人《りょじん》の中には願人坊主の噂を知らぬ者もいるのだろう。

旅人たちとすれ違い、橋本町一丁目から二丁目に差しかかろうとしたときだ。

右手の横丁から、ぞろぞろと汗臭い男たちが姿を見せた。

いずれも褌《ふんどし》一丁にぼろぼろの袢纏を羽織っただけの格好をしている。

願人坊主たちだ。

どの坊主も片手に短い刀を握っていた。

手入れをまったくしておらず、刀身からは赤錆《あかさび》が吹き出ている。

「けっ、さっそくお出ましか。初花は坊主が苦手だろ。大丈夫なのかよ」

「わたくしが苦手といたしますのは、光るほどに剃り上げた頭です」

願人坊主たちの頭髪は、剃ってから十日からひと月は経っているように見えた。

髭も伸びるに任せている。

「そうかい。だけど因果だねえ。坊主どもは身だしなみがどんなに大切かってのを、てめえらの命と引き替えに知らされるってわけか」

駿一郎は憐《あわ》れんだように言うと、初花から足早に離れていった。

陽は大きく傾き、商家の長い影を通りに投げかけている。

願人坊主たちは、わずかに残る陽当たりと影との境目を選ぶようにして初花に近寄ってきた。

初花は、願人坊主たちの背後に目を向けて呼びかける。

「この者たちを操っているのはあなたさまですね」

「儂《わし》に気づいておったのか。ふうむ、声からして女だな」

野太い声で返事があった。

「姿をお見せ下さい。反町無格さま」

通りに沿った小路のひとつから、長身の男がぬっと出てきた。

骨張った顔をしており、目のある場所がえぐり取られたようにくぼんでいた。

右頬には大きな刀疵の跡がある。

「儂の名を知っておるとはな。それにしても姿を見せよとは笑止。目など無用の長物たる証《あかし》だ」

目がないにもかかわらず、初花は強い視線のようなもので身を貫《つらぬ》かれているのを感じていた。

「強い」

自然と口が動く。

無格はこれまで戦ったどの男よりも強い——戦う前から心と体が訴えていた。

我知らず腰のあたりから震えが這《は》い上ってくる。

「ほほう、震えておるな。目の見えぬ男をそれほど恐れるのか」

「ご明察のとおり、無格さまが恐うございます」

無格は「ふうん」と鼻を鳴らした。

「だが、おぬしからは殺気も感じる。熱を帯びた剣気が陽炎《かげろう》のごとく揺らいでおる。これは摩訶不思議《まかふしぎ》」

「あなたさまの強さを恐れるがゆえに、刃を交えたいのでございます」

語っていくうちに、悦楽を伴った闘志がじわじわと湧き起こってきた。

震えは収まり、羽根が生じたかのようにおのれの身を軽く感じる。

「ふふ、惜しい話だ。これほど甘美な匂いの女はなかなかおらぬでな。戦いはやめて儂のもとに来ぬか。望むのなら心法で今すぐにでも極楽の境地に招いてやるぞ」

無格は紫色の舌で唇をぺろりと舐め回した。

初花はさらりと言葉を返した。

「それは重畳《ちょうじょう》。お礼にあなたさまを地獄へとご案内いたします」

「儂を愚弄《ぐろう》しておるのか」

無格の異相《いそう》がぴくりと引きつった。

初花は心の昂《たか》ぶりを抑えきれなくなる。

「さあ刀を抜いて下さい。わたくしにあなたさまの強さを嫌と言うほど味わわせて下さい」

「この女、乱心しておるのか。まあよい、まずは願人坊主どもを相手にするがよい。じっくりと手並みを拝見させてもらおう。儂と手合わせするのはそれからだ」

無格は心眼で初花の動きを見て取るつもりらしい。

「南無阿弥陀仏《なむあみだぶつ》、南無無眼心経《なむむがんしんぎょう》……」

願人坊主たちが声を合わせて経を唱えはじめた。

ゆらゆらと体を左右に動かしながら、初花に迫ってくる。

ばらばらな動きに見せながら、巧妙に初花の逃げ道をふさいでいた。

坊主たちが近づくほどに、幾重にも重なった経の声が初花にずっしりとのしかかってくる。

「があっ」

奇声とともに願人坊主たちが襲いかかってきた。

四人が四方から初花を串刺しにせんと突いてくる。

初花は刀が突き出される寸前に、するりと四人の作った輪から滑《すべ》り出た。

四人の刀はそれぞれの先端を突き合わせたところで止まっている。

初花は背に負った刀を抜きざまに振った。

びゅうっと竜巻を思わせる風が吹き起こり、砂を巻き上げる。

砂礫《されき》の混じった風に巻き込まれた坊主四人は、折り重なるようにばたばたと倒れていった。

初花は四人の屍《しかばね》のかたわらに立ち、無格に笑みを向けた。

「うごうっ」

これを見た残る三人の願人坊主が、初花に同時に斬りかかってきた。

初花は小刻みな足の運びで素早く三人との間を詰める。

しゅぴん。しゅぴん。鋭い斬撃の音が響き渡った。

願人坊主たちの頭が熟柿《じゅくし》のごとく、ぽとぽとと落ちていく。

初花は刀の血を振るい落とすと、無言で無格に向き直った。

五

「その足の運びには憶えがあるぞ……そうだ、たしか美温羅衆《みうらしゅう》」

初花は草履《ぞうり》を脱いでいた。

無格は、素足と地面がこすれ合う音から気づいたに違いない。

「美温羅はとうの昔に絶えたと思っておったが」

無格はゆっくりと初花に向かって歩き出した。

「わたくしがその者だとしたら、どうなされるのですか」

三間の間合まで近づいたところで、無格は足を止めた。

「美温羅はこの世にあってはならぬもの。一人残らず殲滅《せんめつ》するのみ」

「そのお言葉をぜひとも伺《うかが》いとうございました」

初花はおのれの秘したる思いに間違いがなかったことを確信した。

「おぬしがなにを企んでおるにせよ、すべてはここで終わりだ。無眼流を極めた者は無敵ゆえ」

「この世に敵がおらぬのならば、地獄で思う存分にお暴れくだささい。かの地には名うての強者が揃っておると聞きますゆえ」

初花は語りつつ無格に向かって走りだした。

無格は両手をだらりと垂らしたままで鞘にさえ手を運ぼうとしない。

「やあっ」

初花は一息に間合を詰め、渾身《こんしん》の力で斬り下ろした。

が、完璧に捉えていたはずなのに手応えがない。

無格は初花から一間ほど離れた場所に立ってへらへらと笑っていた。

「ずいぶんと威勢がよいが、刀が届かねば百年経っても斬れぬぞ」

「くっ」

初花は再び無格に迫り、胴をしゅっと薙いだ。

が、またも刀は空を切った。

一間離れたところで無格が笑いながら立っている。

その後も同じだった。十分な間合で振った斬撃がことごとく外された。

そのうちに、まわりの空気が粘り気を帯びてきたのに気づいた。水中にいるかのように腕を動かすのに抵抗を感じる。

やがて体を少し動かすのにも凄まじい力を要するようになり、異様な息苦しさを覚えた。

無格の姿がぼやけて見えてきたのにも気づく。

「息が乱れておるな。ふふ、苦しいであろう。しかも何度刀を振っても届かぬ。どうするかの」

「わたくしをまやかしの域に陥《おとしい》れたのですね」

「ほほう、分かるか」

「はい、そのつもりで心を開きましたので」

「なんだと」

無格の声から笑いが消えた。

「美温羅衆に昔から伝わる丸薬がございます。若干の毒を含ませた苦い薬です。これを一噛みいたしますと頭が痛いほどに痺れ、幻術から覚めるのでございます」

初花の口がかりっと音を立てた。

「わたくしは、いつも奥歯にこの丸薬を入れております」

ずんという衝撃が口から脳髄へと走った。

猛烈な苦みが口の中にひろがり、舌と唇がぴりぴりと痛む。

霞《かすみ》が晴れたごとく明瞭《めいりょう》となった視界の中で、無格が悠然《ゆうぜん》と立っていた。

「いざっ」

初花は軽快な動きを取り戻し、無格に向かっていった。

幻術などほんの序の口。これから無格の本当の強さと向き合うのだ。

「ああ、たまりませぬ」

初花は走りながら悦楽の吐息をもらした。

六

無格が刀を抜いた。

右手一本で柄を持ち、切っ先を地面に向けて落とす。

戦う気があるのかと疑いたくなる反面、どこからどう反撃してくるかがまったく読めない構えだった。

「たあっ」

それでも初花はためらわず刀を振り込んでいく。

無格は化け物じみた柔軟さで刃からぐにゃりと逃れた。上体を斜めに傾けたままの姿勢からしゅっと刀を払う。

まったく力を感じさせない。その分、おそろしく速かった。

かわしたものの、刀身が初花の頬をかすめた。

舞い上がった黒髪が断ち切られ、はらはらと落ちていく。

「武芸の諸流には必ず極意なるものがある。いずれも必勝の技だとする」

無格は問わず語りをはじめた。

「しからば極意同士を打ち合わせれば相討ちとなるのが道理。これでは必勝とは言えぬ。ならば、どうすればよいのか」

語りつつ、流水を思わせる滑《なめ》らかな動きで初花を追い、刀を振るう。

「その先をぜひともお聞かせ下さいませ」

初花は一方的に攻められながらも、無格の語りに関心を抱いた。

「拙者は日夜考えた。そのうち鐘の音を聞いて悟るところがあったのだ。鐘の響きは波打ちながら消えていく。あれは音の波が打ち消し合っていくからだ。これすなわち奥義を打ち合わせたのと同じ」

「鐘の残響を実《じつ》と虚《きょ》の呼吸と見なされたのですね」

無格は動きを一瞬止めた。

「そのとおりだ。二つの波が交錯《こうさく》するとき、実と実、虚と虚の頂《いただき》が互いにぶつかり打ち消し合っていく。だが、二つの波のうちの一つをずらすとどうなるか？　相手の虚におのれの実をぶつけることができる。しからば極意同士が激突したとて戦いの結果は明白」

「無眼流で錬磨した心がそれを可能にするのだと？」

「ああ、面白いものでな。相手の虚におのれの実を当てる方術《ほうじゅつ》を極めると、人心さえ操れるようになるのだ」

無格は再び動き出した。

あたかも初花のかわす方角まで知り尽くしたかのように攻め立てる。

「その方術で願人坊主たちを操り、わたくしに幻術をかけたのだと」

「左様、虚実の呼吸が手に取るように分かるようになった。目に頼っていては、これができぬのだ」

無格の刀がびゅんと風音を立てて振り下ろされた。

初花の右側に銀鼠《ぎんねず》の切断面が浮かび上がり、あたかも壁を思わせる態をなす。無格は左側にも壁を作った。

切断面を超えて横に踏み出せば、すぱりと斬られる。

袋小路に追い込まれたのと同じ形勢となった。

初花は足元から起こった全身の震えを抑えきれなくなる。

「あなたさまは本当に恐ろしいお方。心底嬉しゅうございます」

「この期に及んで、まだ戯《ざ》れ言《ごと》を言うか」

無格は余裕の表情でかかと笑う。

「戯れ言ではございませぬ。恐れが大きいほど、得る力も強くなるのです」

「話はここまでだ。おぬしほどの芳香を持つ女であれば、さぞ血の味も甘露であろう」

無格は瞬速《しゅんそく》の寄せで初花を捉え、びゅんと刀を振った。

が、刃は空を切った。

「どうしたことだ。我が実《じつ》はおぬしの虚《きょ》を捉えたはず」

「あなたさまのお読みになった呼吸は、かりそめの虚実でございます」

無格はくわっと口を開いた。

「なんだと」

「お気づきになりませんでしたか。わたくしに幻術をかけたとき、あなたさまの心に虚が生じました。これはまやかしの術を用いる際にやむを得ないこと。そのときにあなたさまの呼吸を読み取らせて頂きました」

相手の虚におのれの実を当てることは、おのれの虚を相手の実にさらす危険をも意味する。それゆえ真の呼吸を読み取った側に勝機《しょうき》が訪れるのだ。

「もしや、それをするために、儂の幻術にわざと落ちたと言うのか」

「左様にございます」

「な、なんと。ぐふっ」

無格は、自らの腹をざっくりと断ち切られた事実に気づいたようだった。

「お、おぬしは……」

「教えて下さいませ。あなたに命を下している者の名を」

「こ……蝙蝠《こうもり》」

無格はそこまで言ったところで絶命し、銅像のごとく地響きを立てて崩れ落ちた。

「狭間《はざま》を切る、これ斬剣の 理《ことわり》」

初花は、倒木のごとく伏した無格を静かに見下ろした。

空は濃い赤褐色に染まり、気の早い星がまたたきを見せはじめている。

「また一つ」

初花は核心に近づいた。

初花は、目指す仇敵《きゅうてき》が幕府のどこかに居座っていると知っている。その男こそは美温羅衆を殲滅《せんめつ》させた首謀者だった。

一方、無格は美温羅衆の壊滅に関わっていた過去を臭わせた。しかも無格は恐れによる世の支配を目論む者たちが送り込んだ尖兵《せんぺい》でもあった。

つまり初花の仇敵と、恐れによる支配を目論む者は一致するのだ。

初花はそれが誰であるかを摑むために大奥に入り込んだ。

女が江戸城内に入って幕府の内情を探るためには、ほかに手段がなかった。

仇敵は幕府の中で日毎《ひごと》に勢力を伸ばしているはずだ。

将軍家斉が酩酊したときに見せる怯えと虚脱《きょだつ》にも関係があるのではないか。

「もっと知らなくてはなりませぬ」

初花は自らに言い聞かせた。

第四章　蝙蝠《こうもり》流《りゅう》

一

「まあ、今年もきれいに咲いたこと」

野村が声を弾ませた。

大奥の庭園は、むせ返るような菊の香で満ちていた。

この日は大奥の観菊会だった。奥女中のほとんどが庭に出て、思い思いに菊花の彩《いろど》りを楽しんでいる。

無格を倒してから三月が経っていた。

大輪の黄菊が秋風を受け、華やかさをひけらかすようにゆっくりと揺らいでいる。

びっしりと花をつけた白い小菊は、小さな花弁ながら、雪の到来を思わせる白銀の輝きを放っていた。

大奥では毎年、庭園に花壇を作って菊を植える。花壇の後ろには五段の階段が設けられ、諸大名が献上した菊の盆栽が飾られていた。

花壇の形に工夫がこらしてあり、菊のあいだを巡り歩ける場所も作ってあった。

初花は野村に伴って菊花で埋《う》まる桃源郷《とうげんきょう》を巡っていた。

「いささか疲れました。少し休みましょう」

歩数にして百も歩かないうちに、でっぷりと肉を蓄えた野村が音を上げた。

休息に選んだ場所は、菊巡りの回遊路《かいゆうろ》から少し離れたところにあった。

竹で編んだ床几が置かれており、野村はどすんと豪快に、初花は柔らかな仕草で腰を下ろした。

休息の場は土を盛って周りよりも一段高くしてある。床几に腰かけながら庭園全体を見渡せるようにしてあるのだ。

奥女中たちのはしゃぎ声が小さく聞こえる。

「下がっていなさい」

野村は部屋方の女たちに離れるよう命じた。

初花と二人だけで話をするつもりらしい。

この日の野村は露草色《つゆくさいろ》の打掛をまとっていた。川の水面《みなも》に見立てた生地に小舟や魚籠《びく》、鵜《う》が描かれている。

初花は枝垂《しだ》れ柳を白く染め抜きした藍《あい》色の打掛を着ていた。金と朱で彩った十三の扇が、柳の枝のあいだを舞うがごとく描かれている。

野村は先ほどとは一変した浮かない顔を見せた。

「上さまのお顔色が冴《さ》えませぬ。典医《てんい》たちの診立《みた》てでは、なにも悪いところはないとの話ですが」

女にしては太い声だ。どっしりとした肉づきと相まって頼りがいを感じさせる。奥女中たちから慕《した》われている由縁《ゆえん》でもあった。

「どうなされたのでしょうか」

「御心労《ごしんろう》ではないかと。心配ごとがおありの御様子なのです」

初花の目から見ても最近の家斉の憔悴《しょうすい》ぶりは甚《はなは》だしかった。

その原因を解き明かすことが、捜し求めている男を見出す結果につながると思える。

そのためには家斉に会わねばならないのだが、前回の頑なな態度を嫌ったのか、酒の相手に呼び出される機会がなかった。

一陣の風が東から西へと流れた。咲き並ぶ菊花が刈り取りを待つ稲田《いなだ》のごとく大きく波打つ。

初花は意を決して口を開いた。

「わたくしでお役に立てることがございますか」

野村は梟《ふくろう》を思わせる目つきとなって初花の顔をまじまじと見返す。

「今、なんと……」

「上さまのお心をお慰《なぐさ》めしたいのです」

野村はごくりと唾を呑み込み、今にもかすれそうな声で言った。

「その気持ちに間違いはございませんね」

「はい」

「う、上さまと閨《ねや》をともになされ」

言い終えると顎を引き、初花の顔を上目遣《うわめづか》いに見た。

「うふふ、まるで野村さまが夜とぎをなされるみたい」

初花は身を固くしている野村を見て笑った。

「まあ、今の話は戯《たわむ》れだったとでも」

野村は眉を持ち上げ、初花をきっと睨みつける。

「いいえ、しかと務めて参ります」

初花がきっぱりと告げると、野村は膝をむずむずと動かし、今にも立ち上がらんばかりとなった。

「上さまはあなたをずっと御所望なされております。さぞお喜びになるでしょう。さっそく御伽坊主《おとぎぼうず》に伝えねば」

初花は床几から立ち上がった。

「わたくしも支度がございますので、長局に戻ります」

立ち去ろうとするところを野村が呼び止めた。

「初めてのことゆえ、いろいろと心配もあるやに思います。すべてを上さまにお任せすればよいのですよ」

猫撫《ねこな》で声で諭《さと》された。初花の心変わりを懸念しているのだ。

「大丈夫でございます」

初花は深々と頭を下げるとその場を辞した。

二

「初花、余はうれしいぞ」

家斉は、純白の着物をまとった初花をほれぼれと眺めた。

夜四ッ（午後十時）。普段の将軍の就寝は五ッ半（午後九時）だが、大奥での床入りをするときはやや遅くなる。

初花は顔をうつむけ、こくりとうなずいた。

「可愛い奴、この日をどれほど待ち望んだことか」

七ッ半（午後五時）に大奥に入った家斉は、最近になく上機嫌だったという。

初花との逢瀬《おうせ》が待ちきれぬ様子で、落ち着きなく中庭を歩き回っていたとか。

将軍が床入りする場所は、大奥の御小座敷御上段《おこざしきごじょうだん》だった。

鈴の廊下の東側にある、さほど広くない部屋である。

将軍の閨房《けいぼう》でありながら、部屋に入るのは家斉と初花だけではない。

二つ並べて敷かれた布団の外側に衝立《ついたて》が立てられ、衝立の向こう側に御添寝役《おそいねやく》の中臈と御伽坊主が一人ずつ横になっていた。

床入れの相手となった奥女中が将軍に寝物語でねだったり、不埒《ふらち》な企《たくら》みを吹き込まぬよう防ぐためだった。

そのため衝立の外側にいる二人には、将軍とのあいだでどのような会話が交わされたかを一晩眠らずに聞き取り、逐一《ちくいち》報告する義務が負わされていた。

御上段には、ふわふわと甘い匂いが漂っている。

家斉は、鼻孔を広げて香りを吸い込んだ。

「うむ。これが初花の選んだ香だな。媚薬《びやく》でも含ませてあるのか、いつになく気が急《せ》くぞ」

「はい。唐《から》の国のものですが、なかなか手に入らぬ逸品でございましてね」

つい美鈴の口調になってしまった。初花は胸の内で苦笑する。

初花の言葉など耳に入らぬ様子で、家斉は目をぎらぎらさせて肩に手を回してきた。

衝立の両側から、すうすうと寝息が聞こえている。

初花は香に眠り薬を混ぜていた。そろそろ効いてきたようだ。

が、家斉はしぶとい。性欲が旺盛《おうせい》すぎて、眠り薬の薬効《やっこう》を受けつけないのかもしれなかった。

となれば――。

「う」

初花は顎の先を摑まれ、強い力でぐいと持ち上げられた。

家斉の乾いた唇が、初花の唇に押し当てられる。

ざらついた感触がした。初花は、家斉を苦しめているなんらかの存在を意識する。

家斉は「うぐうぐ」と快楽のうめきをもらしながら、初花の唇をむさぼるように吸い続けた。

舌先を伸ばして、閉じている歯のあいだをこじ開けようとする。

初花はしばらくあらがっていたが、すっと顎の力を抜き、熱を帯びた太い舌を口の中に迎え入れた。

家斉は鼻息を荒し、差し込んだ舌先を初花の口の中で動き回らせる。

しばらくすると、すっと舌の力が失われていった。初花の口から抜けて本来の持ち主に戻る。

家斉の上体が、初花の肩に重くのしかかってきた。

先ほどまでの荒々しい息遣いから、静かな寝息《の》へと変わっている。

口中に忍ばせていた眠り薬を、口吸いに乗じて服ませたのだった。

香に混ぜた薬よりも強い効き目のものだ。

「お休み下さいませ」

初花は眠り入る家斉の上体を支えながら、寝間に横たえた。

上からまじまじと家斉の顔を見る。

鼻の下と顎に薄い髭《ひげ》を蓄えた顔は、死人《しびと》を思わせる蠟色《ろういろ》をしていた。目の下にはうっすらと青い隈《くま》が浮かんでいる。

落ち窪《くぼ》んで見える眼窩《がんか》は、二度と目を開かないのではと懸念させるほど生気《せいき》が乏しかった。

憔悴しきった男の姿がそこにあった。

そのまま、まんじりともせずにときが過ぎていくのを待つ。

初花は襖を隔てた左右の気配に注意を払っていた。

眠りを装っているのか、あるいは真の眠りにあるかを、寝息や寝返りの気配、果ては鼾《いびき》の具合まで総合して判断するためだった。

それも短い時間では駄目だ。じっくりと気配を探り続ける。

初花自身にも経験があるが、眠りを装い続ける行為は思いのほか難しい。誰もおのれの眠るときのありようを知らないからである。

そのため、じっと気配を探っていると、どこかで眠りの偽装《ぎそう》が破綻《はたん》を生じるのだった。

御添寝役と御伽坊主は深い眠りに落ちているようだった。ときおり寝返りを打ち、寝言をぶつぶつ語るのが聞こえる。

家斉が眠りに落ちてから一刻半《いっときはん》経ったところで、初花は動き出した。

懐から出した紙包みから、丸薬を取り出し口に含む。

眠っている家斉と唇を合わせ、溜め込んだ唾液と一緒に口の中に流し込んだ。

家斉はごくりと音をさせて、唾液とともに丸薬を飲み込む。

しばしの後、家斉の瞼《まぶた》がぴくぴくと動き始めた。

丸薬には眠りからの覚醒《かくせい》を促す効き目があった。

「上さま」

初花は家斉に低い声で呼びかけた。

「ここは？」

「御小座敷にてございます」

家斉はとろんとした目をしている。

「そうか。不覚にも寝入ってしまったのか」

「はい、ずいぶんお疲れの御様子とお見受けいたしました」

「これからというところで眠ってしまうようでは、そう言われてもいたし方がないな」

家斉は弱々しい笑いを浮かべた。起き上がろうとして身動ぎしたが、そのままの姿勢でいる。

意識が戻っても、すぐには体が動かぬように薬を調合してあった。

「畏《おそ》れながら、このところ、上さまはすぐれぬお顔でおられます。お悩みがあるなら、この初花にお聞かせ下さいませ。お役には立てませぬが、心の内を吐露《とろ》なされれば、お気持ちが少しは楽になるのでは。幸い、御添寝役も御伽坊主も寝入っている様子。お聞きしているのは初花だけでございます」

家斉は溜め込んだ邪気《じゃき》を追い払うかのように、長々と息を吐いた。

「将軍とは孤独なものだ。移ろいの中にある儚《はかな》いもの——そう思えてな」

力ない声でぽつりとこぼす。

「儚いとのお言葉は解せませぬ。上さまに従う者はあっても命ずる者はございません。すなわちこの世のすべてが手の内にございます」

「それとてしょせんは人の決めごと。神君《しんくん》が元となる仕組みを作り、代々の将軍が確固たるものに作り上げてきただけだ。余はその立場を引き継いで、権力と安寧《あんねい》を享受《きょうじゅ》しておるに過ぎぬ」

将軍が最大にして無二の権力者——初花にとって当たり前すぎる事実が、ただの決めごとだと言われても受け入れがたかった。

「上さまがなにをおっしゃりたいのか、かいもく見当がつきませぬ」

「人の決めごとは人の手によって支えられておる。ゆえに人の手によって簡単に崩れ去るものでもある」

日々の快楽に溺《おぼ》れ、政《まつりごと》を蔑《ないがし》ろにするなどと陰口をたたかれている家斉であるが、誰も疑念を抱かなかったであろう物事《ものごと》に思いを至らせている。

初花がこれまで思っていたのとは違う、聡明《そうめい》な人物のようだった。

「公儀を転覆《てんぷく》して将軍家を倒そうとする動きがあるのでございますか」

「そうではない。あの者たちはもっと狡猾《こうかつ》だ。公儀の仕組みはそのままに、余に成り代わってすべての権力を掌中《しょうちゅう》に収めようと暗躍《あんやく》しておる」

家斉の目が暗闇の中で鋭く光った。が、光の中に一抹の寂しさと絶望が交錯する。

初花は家斉の顔に手を運び、髭で覆われた頰を掌で二度、三度なでさすった。

そうしたくなるほど、痛々しいものを感じ取ったからだ。

「上さま、あの者たちと今おっしゃいましたが、お心当たりがあるのでございますか」

家斉は自嘲の笑いを浮かべた。

「誰なのかは分からぬ。しかも一人ではない。さらに言えば日に日に数を増しておる。もしかしたら、余の周りにおる者すべてがそうなっておるかもしれぬ」

「将軍とは孤独なものだ」との最初のつぶやきが、言葉の意味以上の厳しい現状を物語っているように初花には感じられた。

「どうして数を増すのですか。人を感化するにはそれなりの理由があるはず」

「一言で言えば恐怖だ。その者たちは恐れの感情をあおることで人を思うがまま動かしていく」

だが将軍の権力をもってすれば、誰が糸を引いているのかをあきらかにし、その者を粛清《しゅくせい》することもできるはずである。

「上さまがいかなる手立ても講じずに、その者たちに屈するとは思えませぬが」

「余が探索と粛清に乗り出せば、その者たちは余を斥《しりぞ》けようとするだろう。そうなれば余の命など風前《ふうぜん》の灯火《ともしび》。本丸ならぬ大奥に立て籠《こ》もらねばならなくなる」

冗談交じりの物言いが悲しい。

御伽坊主らしき「むふう」との寝言が聞こえた。御添寝役の中臈もぐっすりと寝入っているようだ。

「余はただの飾りに成り果てようとしておる。それを思うとやるせない。とはいえ打開の手立ても思いつかぬ。鬱憤《うっぷん》と憂慮《ゆうりょ》から逃れるために酒に溺れ、女にうつつを抜かしておる次第だ。もっとも、そうしておればあやつらにとっては好都合。余を急いで始末する必要がなくなる。だがいずれは……」

恐怖で世を支配しようとする者たちは、将軍までも恐怖を種にして黙らせていた。

家斉は眠り薬の薬効が切れてきたようで、手足をもぞもぞと動かしている。

初花は家斉の背に手を回して、上体を起き上がらせた。

「上さまのお力になるお方はいないのでしょうか」

「いる。火盗改本役《ほんやく》の長谷川平蔵。あの者だけは間違いない。余が信《しん》を寄せる数少ない者の一人じゃ」

家斉が将軍世子《せいし》として西の丸にいたとき、平蔵は西の丸の御書院番《ごしょいんばん》として家斉に近侍《きんじ》していた。そのあいだに顔も気心も知れたのであろう。

「平蔵で最も讃《たた》えるべきは人足寄場の創始じゃ。今も人足寄場の切り盛りに深く関わり、江戸の平穏に尽力しておる」

人足寄場は、松平定信《まつだいらさだのぶ》が筆頭老中のときに平蔵の建言によって作られた。

軽い罪を犯した者や無宿人などを収容し、職業を身につけさせて、悪行に手を染めずとも暮らしていけるようにする——言わば職業訓練所だった。

平蔵は建言のみならず、開所直後から人足寄場の運営の指揮を執り、十分に機能を発揮できるまで整理充実をやり遂げたのだった。

だが初花は奇異に感じた。平蔵は二年前に人足寄場取扱《とりあつかい》を免ぜられた、と多聞から聞いた記憶があったからだ。

人足寄場を知り尽くしている平蔵の手腕が買われ、再登用されたのであろうか。

「ふふ」

気がつくと、家斉の目が淫靡《いんび》な光を帯びていた。

体に自由が戻ったとたん、艶福家《えんぷくか》としての色欲《しきよく》もよみがえったのであろう。

初花の手をぐっと摑んで強い力で引き寄せた。

「あっ」

初花は家斉の胸の内に包み込まれるように抱かれた。

口の中に眠り薬はもうない。

「まだ夜明けまで間がある。初花の体、隅々まで堪能《たんのう》いたすとしよう。お預けを食うほど料理は美味くなると聞く。さぞや甘美な味となろう」

家斉は上ずった声で告げると、初花の顔を上に向けて激しく口を吸ってきた。

初花はがっしりと動きを止められ、逃れられぬまま家斉の口や舌の蹂躙《じゅうりん》を許す羽目となる。

次に背中から抱きかかえられた。分厚い掌が襟元から胸に差し込まれる。

家斉は指先を使い、乳首に触れるか触れぬかの頃合いで刺激してきた。何人もの女を抱いた経験から身につけた手練手管《てれんてくだ》であろう。

将軍とて、単に種を宿すだけの交合では味気ないに違いない。

相手を快楽の淵に沈め、ふだんの姿からは信じられぬ痴態《ちたい》を演じさせる悦びを見出しているからこそ、夜ごとの女体漁《にょたいあさ》りにも精が出るというものだ。

「んん」

初花が声を上げると、もう一方の手が着物の裾を割って腿に滑り込んできた。

図々しささえ感じさせる動きで、花弁の中心へと指が這い寄っていく。

衝立の両側からは、相変わらず御添寝役と御伽坊主の寝息が聞こえていた。

三

翌朝、初花は床から起き上がった。家斉は横で寝息を立てている。

衝立越しに見やると、身動ぎの気配で目を覚ましたらしく、御添寝役が瞼を持ち上げていた。

初花と目が合うと、はっとした表情を浮かべ、無念そうにうなだれる。

図らずも眠ってしまい、役目を果たせなかった失態に気づいたのだ。

「わたくしからは黙っておきます。御伽坊主と口裏を合わせておけばよいでしょう」

それから家斉を振り返り――。

「上さまはだいぶお疲れの御様子。もうしばらくはお目を覚まされぬと存じます」

初花は乱れた髪を掌でなでてから立ち上がった。襖を開いて下段の間へと下りる。

そこには野村が座って待っていた。

「おめでとうございます」

野村の祝言《しゅくげん》に深々と礼で応え、御小座敷を出た。

おのれの部屋に戻ると、さっそく野村が顔を見せた。

「初花、よくやりましたぞ。上さまはさぞや御満悦《ごまんえつ》であったでしょう」

初花のあとを慌ただしく追ってきたらしく息を弾ませていた。

「はい」

初花は短く答えた。

「まあ、愛想のないこと。仕方がございません。あなたの場合はほかの中臈と違って、務めを果たしてきたという気持ちがお強いのでしょうね」

「ややこを身ごもったかもしれませぬ」

うつむき加減で言うと、野村がでれっとした声を発した。

「一度のまぐあいで身ごもる場合もありますが、たいていは幾度かの逢瀬を重ねるうちにそうなるものです。あなたはこれまで男を知らないがゆえに、そのように思うのでしょう。きっと、上さまは、またあなたをお呼びになるはず」

「昨夜が最後でございます。もう、上さまと閨《ねや》をともにするつもりはございません」

初花は、ばしりと告げた。

「まあ、どういうつもりですの。そりゃあ、上さまの思わぬ振る舞いが恐ろしかったり、痛みがあったかもしれませぬ。ですが、回を重ねていくうちに痛みはなくなり慣れもしていくもの。快さも知っていくことになりましょう」

野村は年嵩《としかさ》の女の領分《りょうぶん》だと言わんばかりに語る。

目の縁が赤く見えるのは、話しながら興奮しているのかもしれなかった。

「いえ、上さまはもうわたくしをお呼びにはならないでしょう」

「上さまとのあいだでなにかあったのですか。わたくしにお話しなされ。一人で悩んでいてはいけませせぬ」

姉御肌の老女らしく、反らした胸を拳でずんと叩いて見せた。

野村には大奥よりも、町屋の大女将《おおおかみ》あたりが似合う気がする。

家斉に抱きすくめられて唇を奪われた後、今後二度と家斉から所望されないであろう出来事があった。

だが、それがなにかを野村に語ることはできない。

さりとて答えずにいれば、野村は御添寝役や御伽坊主から昨晩の様子を聞き出そうとするだろう。

それは避けたかった。思わぬところから初花の振る舞いに疑念を持たれる可能性がある。

「上さまとの相性がよろしくないと感じました。上さまも同じ思いを持たれたものと」

初花は口から出まかせを言って、曖昧《あいまい》にごまかそうとした。

すると野村は好奇に目を光らせて身を乗り出してきた。鼻息が荒くなってきた気がする。

「どこの相性が悪かったのですか？　もしや……」

野村の頭の中には、あられもない男女の交合の図が生々しく描かれているに違いなかった。

「心の相性です。やはり上さまのお誘いを受けるべきではなかったと」

初花は困惑を覚えながら答えた。

「わたくしには恥ずかしがらずに本当の話をしてもよろしいのですよ」

野村はあくまで肉体の面での不適合だと考えているようだった。

初花は野村に問い返した。

「上さまとわたくしのあいだで、なにがあったとお考えなのですか」

「えっ、それは……その……」

初花の予想どおり、野村はたちまちしどろもどろになった。

老女と言えば、江戸城では老中《ろうじゅう》に匹敵《ひってき》する立場だ。

そんな者が下世話《げせわ》な話をあけすけに語る不作法《ぶさほう》などできない。

「わたくしも心の相性がどうであったかを、言葉で語る術《すべ》を知りませぬ」

初花は助け船を出すふりをして、野村の追及を封じ込めた。

四

翌日の午前《ひるまえ》。

「こいつを食べてみねえか」

初花の周りを所在なげに歩き回っていた駿一郎が、足を止めて小さな紙包みを差し出した。

初花が包みをほどくと、人差し指の先ほどの小さな飴が五つ入っていた。どれも鶯《うぐいす》の形に細工されている。

「俺が辻で売っている飴細工《あめざいく》さ。餓鬼《がき》どもばかりじゃなく、けっこう年を食った者《もん》まで買いに来るんだぜ」

「飴細工を好むのは子供だけだと思っておりました」

「普通はそうさ。でもこの鶯の飴細工はそんじょそこらにあるものたあ違う。こいつを口に含んでがりっとかみ砕くと願いがかなうってんで、ちょいと評判なのさ」

駿一郎によれば、色恋から学問、果ては勝負事まで、さまざまな目的で客が買い求めていくらしい。

初花はふと問い質したくなった。

「駿一郎も鶯飴をかみ砕くことがありますの？」

駿一郎は、頬を赤くしながら答えた。

「そりゃあ、あるぜ。初花が俺に気持ちを寄せてくれるようにって願いながらな。もっとも売れ残りの鶯飴だから、どこまで御利益があるかは分からねえ」

売れ残りでなくても鶯飴の御利益には期待できないと思うが。

「それでは、ありがたく頂戴いたします」

初花が紙包みをていねいにたたみ直して懐に入れると、駿一郎は満足そうな顔をした。気分がよいのか、話題を変えてまたも初花に話しかけてきた。

「初花、九月蚊帳《かや》ってのを知ってるかい」

「存じませぬ」

「そうだろうなあ。おめえは浮世離れしているってのか、そこらにいる町人の女たあ、ちょいと違う気がする。言葉遣い一つ取っても武家の奥方みてえだしなあ」

二人は柳原《やなぎはら》の土手上にいた。

柳原の土手とは、江戸城筋違御門《すじかいごもん》から浅草御門までの神田川の南側に沿った堤《つつみ》を指す。男の背の二倍半もある高い堤で、途中に和泉橋《いずみばし》、新シ橋《しんしばし》を挟んで十町もの長さがあった。

柳原の名は、柳が多くあった土地だったことに由来している。そのときの柳の木はもうないが、今は堤の頂に植えられた柳が大きく枝を伸ばしていた。

「こんだけ長くつき合っているのに、俺はおめえがどこに住んでいてなにをして暮らしているんだかさっぱり知らねえときてる」

初花は、小言《こごと》めいた駿一郎の話を聞き流す。

「九月蚊帳とはなんですか？」

「言葉そのまんま、九月に吊る蚊帳のことさ。蚊帳の四隅に雁《かり》の形に切り抜いた紙を貼るんだ。そうすると蚊帳の中に蚊が入らねえまじないになるのさ」

美鈴を通じて、多聞から初花への呼び出しがあった。

多聞からの申し出は珍しく、初花に報せる危急の用件があると想像できた。

美鈴は駿一郎や多聞とのあいだを取り次ぐ役目も負っていた。

大奥に居ながらにして、初花が駿一郎たちと確実に会えるのは美鈴の働きによるものだ。

駿一郎も多聞から呼び出されていた。

「妙なまじないでございますね」

「唐の国の諺《ことわざ》が元らしいぜ。その諺ってのが、蚊帳に蝙蝠《こうもり》を画《か》けば蚊入らず――でね。海を渡ってくるうちに蝙蝠が雁に化けちまったってわけさ」

無格が残した謎の言葉「蝙蝠」の意味を、多聞は説き明かしたのではないか？

駿一郎が九月蚊帳の話を持ち出したのも、初花と同じ思いで多聞の現れるのを待っているからに違いない。

「それにしても、寒気のする場所をよくも選んだもんだぜ」

駿一郎は、五間ほど先の堤に目を向けて顔をしかめた。

堤はきれいに草を刈ってあるのだが、こんもりと盛り上がったその場所だけは手がつけられず草が伸び放題となっている。

盛り上がった部分は清水山と呼ばれていた。迂闊《うかつ》に立ち入ると祟《たた》りがあるとされているので誰も近寄らないのだ。

当然ながら、初花たちの周囲に人の姿はなかった。

「たぶん、わたくしたちのほかには誰にも聞かれたくないお話をなさるつもりなのでしょう」

「けっ、気に入らねえ。あいつはなんでも、もったいぶりやがるんだ」

駿一郎の悪口を耳にしていると、多聞が堤を登ってくるのが見えた。

堤の斜面は急峻だ。多聞は長身の体を折り曲げ、手も使って登ってきた。

頂まで登り切ると、息を弾ませながら初花に告げた。

「無格に続く者が現れた」

「どのような者なのですか」

「見た者の言葉を借りれば蝙蝠だったと」

無格が死に際に放った言葉と一致する。

「子細をお聞かせ下さいませ」

「二日前のことだ。南町奉行所に文《ふみ》が投げ込まれた。そこにはある隠密《おんみつ》同心の名が記されており、その者を誅殺《ちゅうさつ》するとあった」

「どうして名を知られたのでございますか」

隠密同心は真実の顔も名も明かさずに、町人たちの中に紛れ込んで秘密捜査に従事する。

同心の中でも経験豊富で凄腕《すごうで》と認められた者が任命された。正体をさらすような落度はないはずなのだが。

「公儀の内部から流れ出たとしか思えぬ」

「やはり」

初花は拳を握り締めた。

「名指しされた隠密同心はどうなったんだい」

駿一郎が問う。初花を巡っていつもいがみ合っている二人だが、興味を抱く話にぶつかると長年の同朋《どうぼう》かと思わせる物言いとなる。

「町屋を巡っている最中《さいちゅう》に惨殺された。見慣れぬ老爺が現れ、供《とも》の小者《こもの》に見せつけるようにして殺したと聞く」

「その老爺を蝙蝠に擬《ぎ》して語ったのは小者ですね」

「そうだ。同心の振り下ろした刀の峰に、老爺がふわりと乗ったと言うのだ」

そのまま隠密同心の刀を踏み落とし、ひゅんとおのれの刀を横に振った。すると同心の頭が肩を転がって落ちていった。

「それじゃあ咎になっちゃいねえ。宙を舞うんだったら蝶でも鳥でもいるだろ」

たまにではあるが、駿一郎は気の利いた問いかけをする。

「老爺は自らの名を蝙也斎《えんやさい》——つまり蝙蝠と名乗ったのだ」

「多聞さま、その名に憶えはございませんか」

武芸や剣客に詳しい多聞であれば、心当たりがあるかもしれない。

「松林《まつばやし》蝙也斎……夢想願流《むそうがんりゅう》を創流した男だ。蝙蝠を思わせる人間離れした体捌《たいさば》きを見せたという」

「知っているんだったら、最初から言えばいいじゃねえか」

「蝙也斎はたしかにいた。だが百三十年前に死んでおる」

駿一郎が呆《あき》れ声で言った。

「またもそれかい。反町無格と同じじゃねえか」

「こたびも他人が名を騙っているのであろう。だが小者の話を真に受ければ、この男も蝙也斎本人に負けぬ技を遣うようだな」

松林蝙也斎の名が後の世まで伝わった理由は、三代将軍家光がその技に心酔し、三度までも蝙也斎を呼び出して目の前で演武させた事実による。

特に三度目に見せた驚異の技は、蝙也斎自ら「足鐔《そくたん》」と称したもので、今回蝙也斎を名乗る男が見せた技と同じものだと、多聞は語った。

三度目の演武を見た一月後に家光はこの世を去ったのだが、演武を見たときの興奮と衝撃が死因に少なからず影響したとの伝聞もある。

「同心を殺したあと蝙也斎はどこに？」

「あっさり姿を消した。そこで南町奉行所は血眼《ちまなこ》になって行方を探った」

「じゃあまた暗中模索《あんちゅうもさく》ってわけだ。御役所ってのは役に立たねえからなあ」

多聞はむっとした顔で駿一郎を睨んだ。

「今回は違う。蝙也斎の居場所を突きとめた。近々、南町奉行所の総力を挙げて捕縛にかかる段取りとなっておる」

総力と言っても、多聞のような内役《うちやく》は動員されない。

初花は首を傾げて多聞に問うた。

「町方の力を疑うわけではありませんが、腑に落ちぬものを感じます」

多聞が大きく首肯《しゅこう》した。

「簡単に見つかる場所におるはずがないというわけだな」

「そうでございます。もしや御役所を誘っておるのでは」

「たしかに小者を殺さずに見逃したのも、おのれの存在を知らしめるためだったかもしれぬ」

風もないのに、うっそうと生えている草がざわざわと波打った。

それまで聞こえなかった水音《みずおと》がちろちろと聞こえる。

清水山の名は、裾の洞穴から清水が湧き出ていたことから付けられたと聞く。今は涸《か》れているとも。

多聞は怪異の類《たぐい》はいっさい信じず、少々不可思議な出来事に遭遇《そうぐう》しても平然としているが、駿一郎はかなり気にする性質《たち》だった。

だが初花の前では弱気を見せられず、痩せ我慢を決め込んでいた。

それが証拠に顔面は蒼白で、歯をがちがちと鳴らしている。

「今日はこれで別れましょう。多聞さま、御役所が蝙也斎の捕縛に動くときが分かったらお知らせ下さいませ」

「うむ、承知した」

「俺はどうすりゃいいんだい。早く言ってくれ」

駿一郎は今すぐにでも逃げ出したいのだろうが、初花のいる手前、それができずにいる。

「駿一郎には火盗改の動きを探って欲しいのです」

「公儀にかかわる物事であれば、それがしに任せてくれ」

多聞が心外な顔で申し出たが——

「わたくしが知りたいのは火盗改の実際の動き。どうも腑に落ちぬものを感じるのです。それがなんであるかを解き明かしたいと思います」

「わ、分かったぜ。善は急げと言うじゃねえか。俺はさっそく行くぜ」

駿一郎はだっと飛び出し、逃げるように堤の坂を滑り降りていった。

「それがしも行くとするか」

多聞がゆったりとした動作で堤を下り始めた。

お気に入りの甘味の店に向かうつもりなのだろう。

二人の姿が見えなくなってから初花は堤を下った。

蝙也斎——無格を上回る力を持つ男——まだ見ぬ相手ながら、初花は心の昂ぶりを抑えかねていた。

五

三日後の九月十九日明六ツ（午前六時）。

夜明け前から霧が立ちこめ、あたりはまだほの暗い。

「南町奉行所の面目をかけての捕物である。抜かるでないぞ」

筆頭与力の海崎龍之進《かいざきたつのしん》が捕り手の男たちに向かって高らかに告げた。

場所は深川黒江町《ふかがわくろえちょう》にある因速寺《いんそくじ》。捕り手は山門《さんもん》前を取り囲む形で、蝙也斎の現れるのを待ち構えていた。

蝙也斎は住職や寺男《てらおとこ》を血祭りに上げて、因速寺の本堂に悠々と居座っているらしい。

風はなく、寺の門前とは思えぬ生臭い空気がよどんでいた。

薄膜《うすまく》に覆われた景観の中で、数知れぬ吐息が低く響いている。

初花は、駿一郎らとともに物陰に身を潜めていた。

「さっさと境内に踏み込めばいいじゃねえか。なにをぐずぐずしてやがるんでえ」

駿一郎が苛立たしげに言う。

「役所には管轄《かんかつ》がある。寺の境内は寺社奉行所が取り締まる。町奉行所が踏み込んで捕物をするわけにはいかぬのだ」

多聞が諭《さと》すがごとき口調で応じた。

「そんなら寺社奉行所が出てくりゃいいじゃねえか」

「寺社奉行所で捕物に当たる小検使《しょうけんし》は二人ないし三人しかおらぬ。これに同心を加えても人数は知れておる。町奉行所に喧嘩を売るようなたわけを相手にする余裕はない」

火盗改は管轄に縛られずに捕物ができるのだが、駿一郎の見るところ、動きそうな様子がないという。

「じゃあ蝙蝠の野郎がお出ましになるまで、じっと待つってわけか。お役所仕事ってのは融通《ゆうずう》が利かねえぜ」

「しっ」

初花は駿一郎たちを黙らせた。締め切られていた寺の門がぎいっと音を立てて開いたからだ。

門扉《もんぴ》のあいだから、でっぷりと肉をつけた男が姿を見せた。

目尻や口辺《こうへん》に皺が目立ち、長く伸ばした総髪は真っ白だ。歳は五十をゆうに過ぎていよう。

「朝っぱらからご苦労ご苦労。公儀には命の惜しくない者ばかりがおるらしいの」

捕り手が待っていると知りつつ出てきたらしい。

蝙也斎の声は地を伝わり、腹の底に禍々《まがまが》しい響きをもたらした。

数では圧倒している捕り手側におびえの気配が広がる。

「者どもひるむではないぞ」

龍之進が捕り手を叱咤《しった》したが、蝙也斎の声が気鬱《きうつ》な余韻《よいん》を残す中では空々しく聞こえた。

蝙也斎の目は三日月の形をしており、表情に関係なくいつも笑っているように見えた。

鼻柱は細いのだが小鼻が大きく横に張り出しているため、全体としてはどっしりと顔の真ん中に居座っている印象がある。

鼻のすぐ下に薄い唇があり、両頰をくっと持ち上げて笑う顔には、得もいわれぬ愛嬌を感じさせた。

「あれほど余分な肉がついていたんじゃ、動きも思うようにゃあなるめえ」

駿一郎が初花の耳に口を寄せた。

「近いぞ。そこまで身を寄せずとも話はできる」

多聞が駿一郎の二の腕を摑み、初花からぐいっと引き剝がす。

「痛てて っ。なにしやがる」

駿一郎が抗議の声を上げた。

これに応えようとした多聞を、初花は目で制した。

目線を戻すと、門から出てきた蝙也斎を捕り手が取り囲んでいた。

長梯子《ながはしご》の両端を二人で持つ者が四組おり、方形の囲いを形作《かたちづく》って蝙也斎を閉じ込めている。

「かかれ」

龍之進の声を合図に、囲いの外にいる捕り手が八方から突棒《つくぼう》、刺股《さすまた》、袖がらみを突き出した。

突棒とは九尺ほどの柄《え》の先に鉤《かぎ》や棘《とげ》のついた鉄具を嵌《は》め込んだもので、これで罪人の衣服や髪を絡め取って動きを封ずる。

刺股は突棒に似た道具で、先端が二股となっており、罪人の喉《のど》や手足を押さえつけることができた。

袖がらみも突棒に似た構造だが、先端が仏具の撞木《しゅもく》を思わせる形をしており、ここで罪人の反撃を受け止める。

捕り手たちの背後では、戸板を横に倒して持つ者たちが、蝙也斎を逃がさぬよう囲いを作っていた。すなわち蝙也斎は二重の囲いの中に閉じ込められている。

因速寺は横川《よこかわ》と黒江川に囲まれた場所にあり、奥川橋《おくがわばし》、黒江橋などの六つの橋で周囲とつながっていた。

南町奉行所は、すべての橋に捕り手を配して往来を遮断《しゃだん》しているに違いない。

そのため因速寺門前には、蝙也斎と捕り手のほか人影は見えなかった。

四方を二重に封じ込まれたにもかかわらず、蝙也斎は余裕綽々《よゆうしゃくしゃく》だ。

「ふふ、これは愉快。拙者に足鐔の技を披露《ひろう》せよと言わんばかりだ」

突き出される突棒や刺股をひょいひょいと軽快にかわしながら笑う。

そのうちに、すすっと長梯子の一本に近づいた。

肉づきたっぷりで重いはずの体がふわっと宙に舞う。

長梯子の支柱の上に音もなく着地し、歌舞伎役者のごとき大見得《おおみえ》を切った。

真っ白な髪が踊り、鏡獅子《かがみじし》の舞いを見ている気分にさせられる。

あまりの大胆な振る舞いに、捕り手は呆気《あっけ》にとられていた。

「なんて奴だ。とはいえ、なかなかの役者ぶりだぜ」

駿一郎は非難の声を上げつつも、芝居好きらしく目を細めている。

「なにをしておる。早く捕らえよ」

龍之進の声に促され、捕り手が桶のたがを投げつけはじめた。

たがの輪が刀の先端や手、首にはまれば、蝙也斎の動きを鈍らせることができる。

だが蝙也斎は、長梯子の支柱に乗りながら難なくやり過ごした。

それどころか刀の先端でたがの一つを捉えると、くるくると回転をつけて捕り手に向けて投げ返した。

たがはすっぽり捕り手の一人の首にはまった。

「輪投げは拙者のほうが上手《うわて》らしいの」

蝙也斎はきょとんとした顔でおどける。

たがが尽きると、再び捕り手は突棒や刺股を突き出した。

が、蝙也斎の着物にも髪にも触れることはできない。

そのうちに、捕り手の一人の放った突棒の先が蝙也斎の脇の下を通り抜けた。

素早く引き戻せば、蝙也斎の着物に突棒の棘を絡めることができる。

捕り手は、ここぞとばかりに突棒を手元に手繰《たぐ》った。

ところが突棒の先に蝙也斎の姿はなかった。

長梯子の囲いを踏み越え、突棒の柄の上にちょこんと乗っていたのである。

「ゆらりふらり」

蝙也斎はのんびりした口調で言った。

ぐいと突棒を踏み落とし、前のめりとなった捕り手の首に刀を振り下ろす。

これが皮切りとなり、蝙也斎は蝶のごとく舞いながら捕り手を次々と斬っていった。

「ありゃあ化け物かい」

駿一郎が呆れ顔でつぶやく。

戸板の囲いの中にいた捕り手をすべて殺すと、蝙也斎は愛嬌あふれる笑みを浮かべて周囲を見回した。

戸板を手にした者たちの顔が恐怖で引きつる。

今度は戸板の縁に飛び上がり、白足袋《しろたび》の色を鮮やかに見せつけながら縁の上を走った。

戸板を構えていた捕り手たちの首筋に、細筆で引いたかのような鮮やかな朱線が浮かび上がる。

蝙也斎が走り去ると、朱線がぱくりと口を開いて血飛沫《ちしぶき》が噴き出した。

その光景はあたかも手妻《てづま》の噴水を思わせる。

蝙也斎は、支え手を失って倒れた戸板を踏んで囲いの外に出た。

捕り手たちは錯乱《さくらん》して、我先に逃げようとする。

「逃げるな。彼奴《きゃつ》を捕まえるのじゃ。斬り捨てても構わぬ」

などと怒鳴りどおしの龍之進さえ、逃げ腰になっていた。

「捕り手が逃げ出しては洒落《しやれ》にもならぬぞ」

蝙也斎は、血のこびりついた刀の先端で地面に落ちているたがをひょいと引っかけ、逃げる捕り手たちに向かって投げつけはじめた。

たがは地面近くを走って捕り手の足にはまり、捕り手たちをばたばたと倒していく。

蝙也斎はそこに走り寄り、急所を串刺しにしていった。

「ふふん、ふん」

蝙也斎は鼻歌交じりで刀を振るう。

南町奉行所の威信を示すはずの捕物の場は、阿鼻叫喚《あびきようかん》の修羅場《しゆらば》へと姿を変えていた。

「それがしが相手をいたす。覚悟せよ」

海崎龍之進が刀を抜いた。

顔は蒼ざめていたが目は闘気《とうき》を失っていなかった。

相討ちならば上出来との心持ちで、決死の戦いを挑むつもりらしい。

ところが、その気迫は向けるべき相手を見失っていた。

蝙也斎は龍之進の視線のはるか上空を、まさに蝙蝠のごとく舞っていたのである。

やがて蝙也斎の影が龍之進を覆ったとき、龍之進は数片の肉塊に斬り刻まれていた。

「あの爺《じじい》、いつ斬ったんだ。俺にゃあぜんぜん見えなかったぜ」

駿一郎の語るとおりだった。初花の目からでさえ、いつ刀を振るったのか判然《はんぜん》としなかった。

「本物の蝙也斎にこのような逸話があった」

多聞が問わず語りをはじめた。

「源 義 経《みなもとのよしつね》は、戯れに落とした楊枝《ようじ》が水面に落ちるまでに八断したという。その話を耳にした蝙也斎がこれを真似てみると十三に斬り分けたとか。蝙也斎を騙るこの男も同じ技を身につけておるらしい。いや、この男は本物の蝙也斎かもしれぬ」

「なんだよ、さっきは百三十年前におっ死《ち》んじまったって言ったばかりじゃねえか」

「ほう、頭の悪い男にしてはよく憶えておるな」

「二人とも黙って下さい」

初花は蝙也斎から目を離さぬまま告げる。

数えきれぬ震えの波が全身を走り抜けていた。

六

因速寺の門前は血の臭いと静寂とが支配する場となっていた。

蝙也斎は遊び半分の調子で四十に余る捕り手——それも捕物道具を完備した者たちを、あっという間に全滅させた。

初花がこれほどの遣い手を見るのは初めてだった。

背骨を伝わり冷え冷えとした恐怖が這い上ってくる。

「初花、今度ばかりは相手が悪いや。ともかく今日は出直そうぜ」

「それがしも同じだ。あれほどの化け物でも弱点はあるはず。それを見極めてからでも遅くはない」

駿一郎と多聞が珍しく同調している。

そう思わざるを得ないほど怪物じみた強さは傑出《けっしゅつ》していた。

だが、初花は陰から進み出て蝙也斎の前に姿をさらした。

「てて、初花、なにやってんだよう」

駿一郎の声を背後に聞きつつ、蝙也斎に向かって歩きはじめる。

もはや足は止まらなくなっていた。

「なんだ。おぬしは」

蝙也斎は白髪混じりの眉を持ち上げた。

「あなたさまを見ておりました。それでたまらなくなって……」

初花は昂ぶりを抑えきれない声で告げる。

「ほほう、拙者に惚《ほ》れたとでも言うのか」

「左様でございます。まさに恐ろしいほどの強さ」

そうしゃべったときには震えは消えていた。

「拙者に抱かれに出てきたらしいが、そちらのほうは不如意《ふにょい》でな。もっぱら酒でおのれを慰めるのみ」

「それでも抱かれとうございます。あなたさまの恐ろしき剣技の懐《ふところ》深くで」

三日月形の目が、くいっと持ち上がった。瞼の下から童子を思わせる好奇心旺盛な瞳がのぞく。

「なんと面妖なことを言うおなごじゃ。拙者の剣に抱かれたいと言うか。よし引き受けた。おぬしの肉深くまで斬り込んでしんぜよう」

再び、ぶるぶるっと初花の全身が震えた。甘酸っぱい悦びが全身を駆け巡る。

「初花は幸せに存じます」

感じたままを口にした。

蝙也斎は、ほっと目を見開いた。

「ううむ。臭う、臭うぞ。反町無格を葬りしはおぬしでは？　それだけではない。鬼神組もか」

初花はゆっくりとうなずく。

「おぬしは何者なのだ。ただの娘とは思えぬが」

「あなたさまを黄泉《よみ》へと誘《いざな》う者、ほかに語りようがございませぬ」

初花は背に負った鞘から、刀をしゅっと抜いた。

ところが蝙也斎は戦う姿勢を見せない。それどころか剣気をするりと消し去った。

「刃を交えたいのはやまやまだが、どうやら邪魔が入ったようだ」

たしかに足音が遠方から近づきつつあった。

「かなりの人数でございますね。何者なのかご存じなのでは」

「さあ、どんな連中かな。いずれにしても拙者は失敬をいたす。大勢を相手の派手な立ち回りは幾度しても小気味よい。今日ですべてを済ませてしまうのは面白くないでな」

蝙也斎は早くも身をひるがえし霧の中に消えようとしていた。

そのあいだにも足音は近づきつつあった。数にして五十人は下るまい。

各々が猛々しい気配を放っていた。それでいてかちりとした統率《とうそつ》を感じる。

「おい、俺らも早く逃げようぜ」

駿一郎が足音に気づいたらしく、初花を促した。

が、初花にはこの場を動く気はなかった。

「わたくしはここに留まります」

「馬鹿な。なにを言い出すんでぇ」

駿一郎が目を剥いた。

「これから現れる者たちは、御役所の壊滅《かいめつ》を待っていたと思えるのです」

「まるで心当たりがあるみてえな言い方だな」

「おそらく火付盗賊改方」

駿一郎が「うおっ」と声を上げた。

「そいつぁよけいにまずいぜ。あいつらは御役所みてえにやり口が上品じゃねえ。逆らえばすぐにばっさり殺られちまう。蝙蝠の爺でさえ逃げ出したぐれえだ」

蝙也斎の姿はすでに見えなくなっていた。

多聞も早々と姿を消していた。この場に留まっていると初花以上にややこしい事態となるからだろう。

「駿一郎、先に逃げて下さい」

「おめえを置いて先に逃げるわけねえだろ。やって来るのが火盗改かどうか分かりゃあいいんだな。俺もそれまではここにいる。たしかめたらすぐに逃げ出そうぜ」

切羽詰《せっぱつ》まった状況になるほど、意地を張って痩せ我慢をするのはいつものとおりだ。

「火盗改であれば、わたくしが逃げる必要などなくなります」

初花はさらりと言った。

「どうするつもりなんでぇ」

「知れたこと。火盗改と戦います」

駿一郎が「はあ？」と声を上げた。

「おいおい、狂っちまったのかよ。あいつらは徒党《ととう》を組んでやって来るんだぜ。まさに多勢《たぜい》に無勢《ぶぜい》だ。おまけに火盗改の与力同心は一騎当千《いっきとうせん》の強者《つわもの》揃いだと聞く。いくら初花だって敵《かな》うわけねえよ」

「震えるほどに恐ろしい相手とあらば戦わずにはいられません」

初花は草履を脱ぎ捨て裸足になった。裾をたくし上げて端を帯に差し入れる。

「やめろ。江戸にはびこる悪い奴をやっつけるってんなら、俺も初花を助けてえ。だが、ご公儀の役人に戦いを挑むとあれば、ただの悪党じゃねえか」

「うふふっ。蝙也斎の戦いぶりを見せつけられて、体がうずうずしておりますの」

「なんかよう。無格を倒してからの初花って、これまでと変わってきちまったような」

「これがわたくしの本当の姿です」

自身の語気に黒々とした興奮を感じ取りつつ言う。

足音が間近に迫ってきた。

駿一郎は初花の説得をあきらめたらしく、通りの端に退いて、すっと身を隠す。

ときを合わせるように、霧の中から男たちの集団が現れた。

無言でぞくぞくと数を増してくる。ほとんどの者が腰に大小を差していた。

白衣《びゃくい》を爺端折《じじはしょ》りし、鎖鉢巻《くさりはちま》きに籠手《こて》、股引の上から臑当《すねあ》てをしている。

町奉行所の役人の出役姿《しゅつえきすがた》と違いはないが、顔つきも仕草も無頼漢《ぶらいかん》の集まりと言ったほうがよい面々だった。

ただ一人、異質の雰囲気をまとった男がいた。男たちの背後に立ち、無言ながら指揮を執っている。

頭一つ抜き出た背の高さ、もっさりした牛顔――噂に聞く長谷川平蔵の風貌と一致していた。

初花と目が合うと、平蔵は分厚い瞼の下にある目を細めた。

同心らしき男が初花に近づいてきた。鰓《えら》の張った厳《いか》つい顔をしている。

右手で握った十手の先を左手で弄《もてあそ》びながら問うてきた。

「殺しの現場を見ていたのだろう。何者の仕業だ？」

初花は返事をせず、背中の刀にすっと手を持っていった。

「この女、ただ者でないぞ」

同心は跳び下がり、さっと身構えた。

そのとき「ふふふ」との笑い声とともに、「なにをしやがるんでえ、この糞爺《くそじじい》」という駿一郎の声が響き渡った。

声の方角に目を向けると、逃げたはずの蝙也斎が駿一郎の腕を逆ねじに固め、ぐいぐいと引き立てていく。

「待ちなさいっ」

初花は火盗改との戦いをあきらめて走り出した。

男たちのあいだを瞬時に抜けて、濃霧の中に消えようとする蝙也斎らを追う。

だが、いずこに逃げ失せたのか。初花は二人を見失ってしまった。

七

翌日の昼八ッ（午後二時）。

長谷川平蔵は役宅の居間で廻り方与力と話をしていた。

「兵藤勝之進や鬼神組、さらには反町無格を殺したのが、あの女なんですか」

「間違いない」

平蔵は迷いなく答えた。

この日も中庭に沿った障子が開かれていた。上空に強い風が吹いているらしく、雲が足早に流れていく。

竹筒のじょうろが、中庭に横倒しとなったままで置かれていた。

最近は世話を焼いてもらっていないのか、鉢の牡丹が寂しげだ。

「あの女の正体をご存じなので？」

「美温羅衆だ。生き残っておったのだ」

与力は首を傾げた。

「なんです？　その美なんとかってのは」

「今から千年前、朝鮮に新羅《しらぎ》なる国があった。そこから渡ってきた異国人の血を受け継ぐ者たちだ」

平蔵ははるか昔を思い出すかのように眼を閉じて続けた。

「渡来してきた者たちは大きな体軀《たいく》をし、赤味を帯びた髪の色をしていたという。加えて目が大きく彫りの深い顔立ちから、温羅《うら》――すなわち鬼と呼ばれた」

「思い出した。その話は聞いたことがありますぜ。温羅どもは盗みと殺しを繰り返したんでしょう」

幼い頃に、近くに住む老婆から聞かされたと与力は付け加えた。

温羅たちは並外れた身体能力を持っていた。好戦的な性格も相まって、神出鬼没《しんしゅつきぼつ》の動きで渡来先の備中国《びっちゅうのくに》を荒らしに荒らしたのだった。

「のちに大和朝廷の命を受けた吉備津彦命《きびつひこのみこと》が率いる軍勢に駆逐されたのだが、生き残った温羅は地の者たちとまぐあい、血を残していった」

「そいつらが温羅なら、美温羅ってのは？」

平蔵はこくりとうなずき、話を続けた。

「温羅が渡来し本拠としたのは備中国だったが、朝廷の温羅狩りから逃れるため北の美作国《みまさかのくに》に移り、美温羅衆と名を改めて密かに系譜《けいふ》をつなげていったのだ」

持ち前の身体能力は地の者たちと血が混じっても失われなかった。

やがて当地の総合武術である竹内流腰之廻《たけのうちりゅうこしのまわり》を修得し、さらに忍びの技を他流に学び、戦国の時代からは雇われの忍びとして働くようになったのだった。

「美温羅衆は十年前に壊滅させたつもりだったが、まだ生き残りがおったとは」

ふうんと与力は鼻を鳴らした。

真夏の炎天下にでもいるかのように、額から首筋まで大粒の汗を浮かべている。

呆れるほどの汗っかきなのだ。

「美温羅についてはよく分かりやしたが、あの女をそれだと決めつけるわけはなんですか」

「兵藤勝之進、鬼神組の頭目、反町無格――いずれも尋常ならぬ練達者《れんたつしゃ》だった。それらをあっさりと屠《ほふ》っている。さらに我らのあいだを風のごとくすり抜けていった俊敏《しゅんびん》さを見たか。あれは人間業《にんげんわざ》ではない」

「さすがは御本役《ごほんやく》（平蔵）だ。勝之進たちの剣の腕前までご存知とは」

平蔵は鋭くした眼光で宙を見やった。

「それだけではない。鬼神組や反町無格の遺骸を見たときに、女が殺しを楽しんでいると直感した。遺骸に貼りついた殺気も悪鬼羅刹《あっきらせつ》を思わせるほど暗くどす黒い。まさに美温羅そのものだ」

「一つ教えてもらいたいんですがね。あの女はなぜ勝之進や鬼神組の面々を殺したんです？　人殺しが趣味ならほかの者でもいいじゃないですか」

平蔵は言葉少なに答えた。

「我々の邪魔をしようとしているのだ。加えて言えば報復」

与力は黄みがかった目をぱちくりとさせた。

「へ？　なんですそりゃあ」

「難しい話はさておいて、はっきり言おう。あの女こそは、おまえたちが本領を発揮する最初の相手だ」

平蔵の言葉を聞くと、与力は蕩けそうに破顔《はがん》した。

「嬉しい話だ。理由なんぞどうでもよくなりやした」

八

二日後、江戸城を出た初花は永代橋《えいたいばし》を渡って深川に足を踏み入れた。

深川佐賀町《ふかがわさがちょう》、同相川町《あいかわちょう》、同富吉町《とみよしちょう》を抜けて福島橋を渡り、因速寺へと向かう。

蝙也斎の居場所としてあてがあるのは因速寺だけだった。

ならば迷う必要はない。まずは訪れようと決めていた。

因速寺門前に人の姿はなかった。初花は歩調をゆるめず山門をくぐる。

境内は聞いていたとおり広かったが、正面にある本堂はこぢんまりとしていた。

左奥にのぞく大きな池が、夕刻の光を反射してきらきらと光っている。湖面にはびっしりと蓮《はす》が被い繁っていた。

初花は本堂の中へと入った。

本堂の内部は外見と比べ、思いのほか広い。

内陣《ないじん》奥の須弥壇《しゅみだん》に阿弥陀如来像《あみだにょらいぞう》が祀《まつ》られていた。

水晶を嵌め込んで造作《ぞうさく》した目が、命を宿しているかのような光を放っている。

駿一郎はすぐに見つかった。

右の脇陣に、縛られ猿轡《さるぐつわ》を嚙まされて転がっていたのである。

初花は駿一郎の上体を抱き起こし、猿轡を外した。

「初花すまねえ。助けに来てくれたのかい。情けねえ態《ざま》を見られちまったぜ」

「ここからすぐに逃げて下さい」

駿一郎の背後に回った初花は、縄をほどきながら告げた。

「おめえはどうすんだよ」

「蝙也斎もここにいるはず。戦います」

「あれは化け者だ。いくら初花でも殺られちまう。奴が気がつかねえうちに逃げようぜ」

初花は首を振った。

「それはできません。もう見つかっています」

「えっ、どういうことだよ」

駿一郎の問いに答えるかのように、大きな笑い声が本堂に響き渡った。声音《こわね》が渦を巻き、重い波動となって床板や壁をびりびりと震わす。

駿一郎は禍々しい響きに臆したらしく、頬を強張《こわば》らせた。

「こんちくしょう。蝙蝠爺《こうもりじじい》だな。どこでい、どこにいやがる」

空元気《からげんき》を出し、叫びながら左右に目を配る。

「捜す必要はありません」

初花が落ち着いた口調で告げると、駿一郎はいぶかしげな顔を向けてきた。

「どういうことだい。おめえにゃあ、あの爺がどこにいるか分かっているのかい」

「駿一郎の真後《まうし》ろです」

「げっ」

駿一郎は振り返ることもなく立ち上がり、だっと横に走る。

その背後に、蝙也斎が笑いながら立っていた。

「な、なんだよ。いつからいやがったんだ。ぜんぜん気がつかなかった。やっぱりこいつぁ化け物だ」

駿一郎は真っ青な顔で、はあはあと息を荒らげた。

蝙也斎が口を開いた。

「初花とやら、拙者によほど未練があるらしいな」

低い声が本堂の中でわんわんと反響する。

「はい、あなたさまほど恐ろしいお方に出会ったことがございませぬゆえ」

「拙者もおぬしにはそそられるところがある。いやいや色事ではないぞ。恐れるがゆえに戦いを挑むなどという、たわけた話は聞いた例《ためし》がない。それゆえまた会いたくなってのう」

初花と再会したいがゆえに、駿一郎をかどわかしたと言いたいらしい。

初花はくすっと笑った。

「互いに惹かれ合っておりますのね」

「だが震えておるな。拙者が恐いというのは真《まこと》らしい」

蝙也斎から指摘されるまでもなく、初花は足元からがたがたと震えていた。

「この震えは恐れゆえではございません。足鐔なる技をこの体で受けると思うと、ぞくぞくして……」

「むむう。なんという女だ。おのれの分身が役に立たぬ無念を今日ほど恨んだことはないぞ」

初花は切ない吐息とともに答えた。

「わたくしも同じでございます。ああ、たまりませぬ」

まるで想《おも》い人同士が閨でかわす会話のようだが、初花にそのような思いは欠片《かけら》もない。

蝙也斎も同じであろう。

初花は背に負った刀を抜いた。蝙也斎も鞘からすっと抜いて正眼《せいがん》にとる。

あたりの空気が、一気にきゅんと引き締まった。

互いの殺気が相手を喰らい尽くさんとして、激しく押し合い、せめぎ合い、絡み合っている。

阿弥陀如来像の目が凶悪な光を帯びているように見えた。

万人に平安をもたらす如来ですら、二人の荒ぶる心に感化されてしまうのか。

「いざ」

初花は走った。

間合を詰め、しゃっと蝙也斎の胴を横に払う。

赤黒い炎がめらめらと胸の中で燃えていた。笑みが浮かんできたのを感じる。

「ゆらりふらり」

蝙也斎は軽々と宙に舞って、初花の刃をかわした。

初花は刀を巻き込むように引きつけ、着地寸前の蝙也斎に突きを放つ。

落下途中の蝙也斎は跳ぶことも横に動くこともできない。初花の放った切っ先は蝙也斎の肉深く食い込んでいるはずだった。

ところが刀は空を切った。

「むっ」

「なかなかの技、口だけではないの」

蝙也斎は初花の刀の上に立ち、にやりと笑っていた。

刹那の後には初花の刀を踏み落とし、無防備《むぼうび》になったところを袈裟に斬るつもりだろう。

初花は左半身になりながら姿勢を落とし、身を捻《ひね》って刃の向きを上に反転させた。

蝙也斎が足の裏で刀を踏めば、そこに初花の刃が食い込む。そのまま、しゃくるように斬り上げれば蝙也斎は足から真っ二つだ。

「おっと」

蝙也斎はすいっと刀から飛び降りた。

何事もなかったように着地し、するすると下がって間合を確保する。

「うっ」

初花の右腕が肩口まで白く剝き出しとなっていた。

蝙也斎の繰り出した刀で、着物の袖をばさりと斬られたのだ。

いつ斬られたのかすら分からぬ早技だった。

「強い。そして速い」

初花は、とてつもない怪物と渡り合っているのだった。

いったん収まっていた恐れが全身を駆け巡る。

その一方で、目から随喜《ずいき》の涙があふれるのを感じていた。

恐怖に相応した力と闘志が、冷ややかに体の奥から湧き起こってくる。

「教えていただきたいことがございます」

蝙也斎が片目を見開いた。初花の口調が場にそぐわぬ穏やかなものであったからだろう。

「なにが知りたい」

「あなたさまに命令を下しているのはどなたなのですか」

「拙者は誰の命もきかぬ」

「ご冗談を。無格はあなたさまの命で動いていました。ならば、あなたさまもまた何者かに従っているはず」

「それを聞いてどうする」

蝙也斎はずしりと声を低くした。

「次に倒すべき相手を知るため」

「おぬしは拙者に殺される運命。次はない」

「では約束して下さい。わたくしが勝てば、名を教えると」

初花は間合を詰め、腰だめにした姿勢から鋭く刀を突き出した。

「ゆらりふらり」

蝙也斎はくるりと回転してこれをかわした。

突いた勢いで前のめりとなった初花に、さっと刀身をあてがう。

しゅぱしゅぱしゅぱしゅぱ。

たちまち初花の着物が肩から腰、足元にかけて断ち切られた。

南町奉行所の海崎龍之進を一瞬にして肉塊の山と変えた神速の剣だ。

肌身まで刃が食い込まなかったのは、初花が懸命に体を動かして、ぎりぎりかわしていたからだった。

だが刃は下着まで達していた。着物のあちらこちらから白い肌が露わとなっている。

初花は大きく後方に跳び離れ、蝙也斎の続く攻めを逃れた。

大きく息が乱れている。

「ほほう、よい眺めだ」

蝙也斎は上機嫌で言った。

「この世の見納めの景色でございます。存分にご覧あれ」

初花は笑みで応じる。

「強がるもほどほどといたせ。おまえの動きは今の攻めで読み切った。次は肌に刃が届き、最後は肉を断つ」

蝙也斎の弁に誇張《こちょう》はなかった。

それでも初花はひるまない。

「その前にあなたさまを冥途《めいど》に送り届けておきまする」

「はは、まだ分からぬか。どう攻めようと、拙者に触れることすらかなわぬ」

駿一郎が見ていられなくなったらしく、声を上げた。

「初花よう。そいつに逆らっちゃあいけねえ。今なら逃げられる。俺が囮《おとり》になってやるから早く逃げろよ」

「ひっ」

その直後に悲鳴を上げて、壁にべたりと貼りついた。

初花の放った懐剣で、着物の襟首ごと壁に串刺しにされたのだ。

「駿一郎、あなたの出る幕ではありませぬ」

「だ、だってよう……」

蝙也斎が二人のやり取りに口を挟んだ。

「この女は狂っておる。なにを語っても無駄だ。今近づけば、誰彼構わず斬るであろう。拙者が成敗いたすまでは動かぬが肝心」

などと、駿一郎の味方を思わせる言いようだ。

もちろん本音ではなく、初花を料理する味付けとして楽しんでいるに違いない。

「ぷふっ」

初花は思わず吹き出した。

「なにがおかしい？」

蝙也斎が眉を寄せた。

「あなたさまを斬るのが惜しくなりました。本当に楽しいお方」

「これは面白い。猫に捕まった鼠が、おまえを食うのがもったいないと言っているようだ」

如来像までもが不可解な表情で初花を見ていた。

「いえ、捕まっているのはあなたさまでございます」

「馬鹿な」

「これで最後」

初花は着物の切れ端を踊らせながら蝙也斎に向かって走った。

弱い光に照らされた細く長い足の影が、小刻みに動いていくのが見える。

刀をすっと右肩に引き寄せ、袈裟に振りきった。

が、またも刃は虚しく宙を切り、勢い余って床板に突き刺さった。

「ふっ、あまい。疲れたか」

蝙也斎は本堂の天井近くまで跳び上がっていた。

天井から吊り下がる黄金色《こがねいろ》の天蓋《てんがい》に蟬《せみ》のごとくとまり、そこからふわっと舞う。

下降しながら、床板に嵌まった刀を抜こうともがく初花に刀を振り下ろした。

ぶしゅっ。

鈍い音が響いたとき、初花と蝙也斎の体は重なっていた。二人とも動きを止めている。

「ううっ」

苦しげなうめきに続き、血泡《ちあわ》を吐くにごった音が聞こえた。

蝙也斎は、初花の肩口直前で止まった刀を力なく取り落とし、がたがたと崩れ落ちた。

横倒しになった蝙也斎の腹部に初花の匕首が深々と刺さっている。

「ど、どうしてだ」

敗北を信じられない顔つきでいる。

「あなたさまの守りは完璧。誰も崩せませぬ。なぜなら守りに徹しているからです。が、攻めに転じるときには守りを捨てなければなりませぬ。それが分かっているがゆえに、相手の反撃が不能となった刹那を見定めて攻めるのでしょう」

意外性に満ちた華麗《かれい》な動きは、守備に徹する戦法を覆い隠す意味もあったのだ。

「反撃ができぬように装い、拙者が攻めに転じたときを狙ったと言うのか」

初花は我が身を相手の刃にさらしながら、蝙也斎の戦い方を解きほぐしていったのだった。

「御明察のとおりでございます。さあ、約束を果たして下さい。あなたさまに命を下している者は誰なのですか」

「人斬りを公儀の務めとしておった男だ。名は亜久里《あぐり》。それにしても、おまえのような美麗な女に斬られて絶命するとは極上の気分ぞ。ふふ」

蝙也斎は笑いを浮かべたまま息絶えた。

死に顔までも愛嬌があった。

「姦計《かんけい》を断つ、これ斬剣の礎《いしずえ》」

武術とは勝ち抜き生き残るための、ぎりぎりの手法であり手段だ。敵を倒すためであれば欺《あざむ》くことも厭《いと》わない。

それゆえ相手の謀略《ぼうりゃく》を見極めて手立てを講ずる備えが、武芸者には求められる。

「これで、またひとつ」

初花はぐらりと体が揺らぐのを感じた。

蝙也斎との戦いで心身が襤褸布《ぼろぬの》のように疲れ切っていた。立っていることすら容易でない。

「おおっとっと」

駿一郎に抱き留められて、かろうじて倒れずに済んだ。

礼を告げようとすると、ふわりと肩に布の触れる感触がした。

見ると厚い羽織が着せかけられている。

着ていた者の体温が生地に残っており、甘味の匂いがした。

「これは？」

目を向けた先に多聞の顔があった。

「誰にも初花の肌は見せたくない。特に駿一郎にはな」

「初花が危ねえときには高見を決め込んでいたんだろ。今ごろのこのこ出てきやがって」

またもいいところを邪魔されたとあって、駿一郎は不機嫌だ。

「今の初花では、おぬしのような非力な者でもあらがえぬ。これほどの危険があろうか」

「けっ、本当は焼き餅を焼いて出てきたんだろうが」

「おぬしだけではない。ほかにも淫蕩《いんとう》な目で初花を見ている者がおる」

初花すら気づかぬ者が、どこかに隠れて様子をうかがっているのか。

「おいおい、気持ちの悪い話をするんじゃねえよ。ほかには誰もいねえぜ」

「あそこに祀った阿弥陀如来だ」

多聞が指差すと、仏像の水晶眼が照れたように光を翳《かげ》らせた。

第五章　剣を持たぬ刺客

一

明けた寛政七年一月二十四日。

すでに正月気分は消え去り、太鼓の音が町屋のあちらこちらで聞こえていた。

二月の初午《はつうま》を当て込んだ行商人が、大中小さまざまな太鼓を天秤棒に担いで打ち鳴らしながら歩き回っているのだ。

「亜久里の素性がようやく分かったぞ」

増上寺の門前町にある茶屋で、多聞が甘味を口にしながら言った。

「公儀に命じられて人を斬る者――わたくしには、ずいぶんと謎めいた言葉に思えました。亜久里は公儀に雇われた刺客なのですか」

参詣人《さんけいにん》の繁く行き来する様子が暖簾越しに見える。

これまでと変わらぬ賑わいが見て取れるが、往来する者たちの表情に強張《こわば》ったものを感じるのは初花だけだろうか。

変わってきている。少しずつだが、重々しい圧迫が江戸の町にじわじわとにじり寄っていた。

「そうではない」

初花は多聞の声を耳にして我に返った。

「罪人の死体を斬って刀の切れ味を試すのだ。公儀御様御用《おためしごよう》と呼ばれておる」

横にいた駿一郎がすかさず口を挟んできた。

「それなら山田浅右衛門《やまだあさえもん》だ。御様役を代々引き継いでいるお人だろ」

「亜久里は浅右衛門の弟子だった。早くから腕は師をしのぐと言われ、山田家の養子に迎えられた。家督《かとく》を継ぐ前から、浅右衛門を名乗って御様御用の代役をすることも多かったらしい。ところが一年前に養子縁組を破棄され、武門からも破門された」

亜久里に関わるすべてのものが、密かにかつ速やかに抹消された。

この世での存在すら否定された感のある扱いをされていながら、周囲の者たちに真相は知らされていないという。

それがために、素性を調べ上げるのに四月あまりもの日を要したのだった。

「なぜ破門されたのですか」

少々話は長くなるが――との前置きをして、多聞は語り出した。

「武術とは敵を倒すためにある。その手段には限りがない」

ざっと思いつくだけでも、刀、槍、薙刀、弓、鉄砲、大砲、あるいは肉体の一部を武器とする柔術や拳法までいろいろある。

「それらには共通点がある。相手の肉身《にくしん》を傷つけて反抗不能とし、あるいは命を絶つのだ。ところが亜久里はまったく違う手立てで敵を倒そうと考えた」

「どういうことでございますか」

「心だ。体は心に操られて動いている。合戦の兵を体だとしたら、心は将に当たる。いかに兵が屈強であり数で圧倒していても、将の首を取られれば、たちどころに崩れて敗走となる」

「おめえがなにを言いてえんだか、さっぱり分からねえよ」

駿一郎が話に割り込んできた。寂しがり屋ゆえ、蚊帳の外に置かれるのを嫌う。

だが多聞はそっけない。

「武芸に嗜《たしな》みのない者にはどう説いても分からぬ。話すだけ無駄だ」

「この野郎、ふざけやがって」

「駿一郎、大きな声を出さないで下さい。多聞さまも意地悪をされぬよう願います」

多聞は顔を赤らめ頭をぼりぼりと掻いた。叱られた童子を思わせる仕草だ。

心に偏屈と幼さが同居する多聞らしい振る舞いだった。

多聞は、えへんと咳払いしてから話を再開した。

「亜久里は敵対する相手を心の戦いに引きこみ、心の中で殺す技を会得したのだ」

「なぜ、そのような考えに至ったのでございますか」

初花は尋ねずにいられなかった。

「山田浅右衛門は、御様御用とは別に、罪人の首斬りも引き受けている」

罪人の首斬りとは死刑の執行だ。もとは牢屋敷勤務の同心の役目だったが、二代目の浅右衛門のときから山田家の役目となった。俗称「首斬り浅右衛門」の名はそこから来ている。

「罪人の中には許しを請《こ》うて泣き叫ぶ者や逃れようとして暴れる者も少なくない。人を斬り慣れた浅右衛門とて、気の進まぬ役目柄だと聞く」

多聞は眼鏡の奥にある目から鋭い光を発した。

「だが亜久里は違った。自ら望んで浅右衛門の代役を買って出た。それだけではない。密かに辻斬りを繰り返していたらしいのだ。生きた者の命を奪う所業に、人知れぬ喜びを見出していたとしか思えぬ」

「おいおい、おかしなことを言うじゃねえか。それほど人斬りの好きな奴が、どうして斬るのをやめちまったんだい」

駿一郎がたまらず口を開く。初花同様、多聞の話に引き込まれているようだ。

「三年前、亜久里は不覚にも馬から落ちて右肩を砕き、以後、まともに刀が振れなくなってしまったのだ」

「そうかい。御様御用ができなくなりゃあ、山田家の跡取りにゃあなれねえ。それでお払い箱になっちまったというわけか」

「そうではない。浅右衛門は、鍛えれば残った左腕だけで役目は果たせると亜久里を諭し、見捨てる気はなかった」

片手が不自由となったゆえに開眼して、新たな武流を打ち立てた武芸者もかつていた。浅右衛門の弁は単なる気休めではなかったろう。

「だが、亜久里は浅右衛門に従わなかった。まったく異なる道筋を選んで修行に明け暮れたのだ。その結末が破門であり山田家からの離縁だった」

刀をいさい振ることなく、心の中で相手を倒す――本当だとすれば人間の能力の領域をはるかに越えており、周囲の者が遠ざけたくなる気持ちもうなずける。

亜久里は超人的な技を会得したために疎《うと》んじられ、この世の表舞台から抹消されたのだ。

空は灰色の雲に覆われ、底冷えを感ずる日だった。

ぽつりぽつりと雨の落ちる音が聞こえてきた。

往来する者たちは雨を避けようとして、店に入ったり庇の下に隠れたりしている。

「初花、そいつとどう戦うつもりなんでえ」

「これまでの相手とはまったく違う未知の敵です。荒野《あらの》に一人で捨て置かれた中で、とてつもなく巨大な相手と戦う――そんな恐ろしい光景の見える気がいたします」

「無理だ。今回ばかりは気が進まぬ」

「俺からも言っておくよ。戦うべきじゃねえ」

初花は首を振った。

「わたくしは戦います。この恐ろしさを乗り越えなければ先には進めませぬ」

初花は多聞に顔を向けた。

「亜久里について詳しく知りたく存じます。多聞さまがご存じのところを余すところなく教えて下さいませ」

多聞は黙り込んだ。

初花は店者を呼んで皿に山盛りの花林糖《かりんとう》を運ばせ、多聞に差し出した。

この茶屋は、お茶のあてに出す花林糖が美味いと評判の店だった。

指で摘んで十粒ほどを口にした多聞は、口元をゆるめながら話しだした。

「歳は三十一、二と若いが、縁組破棄となる数ヶ月前から病を疑われるほどに痩せたと聞く。顔が皺だらけとなってひどく老いて見えたとか。残念ながら、その程度しか分からぬ」

この世のものとも思われぬ技を会得しようと厳しい修行を重ねたゆえか。

ともあれ多聞の話だけでは、亜久里を捜し出すのは至難の業だ。

外から聞こえる雨音が強くなってきた。いよいよ本格的に降り始めたらしい。

初花は、おのれの心を解き放って雨音に委ねてみた。

「ん？」

すると、自らが雨に打たれてずぶ濡れになりながら、三十前後の男と対峙している光景がふわりと頭に浮かんだ。

男の顔つきは不明瞭《ふめいりょう》だったが、初花に向けてほほえんでいるのが分かる。

初花はぞくりと身をすくませた。

「亜久里」

我知らず名をつぶやく。

その光景はすぐに消え、初花の意識は現《うつつ》へと戻った。

しかし初花は、刹那ではあったが亜久里の心の場に引き出されていたのを感じた。

近くに怪しい気配は感じられない。

離れた場所にいながら、亜久里と心を交信し合っていたとしか思えなかった。

亜久里も初花を認識したに違いない。

初花が黙り込んでいるのを見て心配になったのだろう。駿一郎が励ます口ぶりで言った。

「俺が亜久里の野郎をなんとかして見つけ出してやるよ」

初花は笑って答える。

「その必要はありません。わたくしは、もう亜久里と心の糸でつながっておるようです。糸をたぐり寄せていけば出会えるはず」

「まるで亜久里の野郎と恋仲みてえな物言いじゃねえか。そうとなりゃあ、よけいに放っておけねえ。初花がなんと言おうと、俺は亜久里と会う場に立ち会うぜ。どこに奴はいるんだ？」

初花は「駄目です」と厳しく突っぱねた。

「ど、どうしてだい」

駿一郎はすがるような目で問うてきた。

「駿一郎や多聞さまの心が、亜久里の心に引きこまれるかもしれません。そうなったら二度と自らの体に戻れないでしょう」

「じゃあ、おめえ一人で戦うってのか」

「心の戦いに誰も助太刀はできません」

がくりとうなだれた駿一郎だったが、初花が「それよりもお二人に頼みがあります」と告げると、顔を持ち上げ、ぐいと身を乗り出した。

「なんだよ？　言ってみろよ」

多聞もきらっと眼鏡を光らせる。

「長谷川平蔵さまについて、どのような人物なのか調べて頂きたいのです」

因速寺の門前で見た牛顔の大男が、初花の脳裏に浮かんでいた。

多聞は黙ってうなずいたが、駿一郎は納得できないようだった。

「平蔵さまのことならみーんなよく知っていらあ。悪く言う奴あ一人もいねえぜ」

初花は駿一郎の弁には取り合わない。

「お二人のそれぞれのやり方で調べて欲しいのです。どんなに些細《ささい》な物事でも構いません。気になることがあったら、わたくしに教えて下さい」

「分かったよ。初花に頼まれると嫌たあ言えねえな」

駿一郎の結論はいつも決まっていた。

山盛りだった花林糖が皿の底が見えるほどに減っている。食べ手は多聞一人だけなのだが。

かりかりと音を立て、多聞は飽きることなく食べ続けていた。

二

ぬかるみはじめた地面に、雨がさわさわと降り落ちていた。

空気は冷え切っている。いつ雪に変じてもおかしくなかった。

茶屋を出た初花は笠《かさ》を被り、愛宕権現社《あたごごんげんしゃ》に向かって歩いていた。

そこで亜久里が待っている確信がある。

亜久里の発する心の波動は、強弱を繰り返しながら初花に到達していた。

気を許せば取り込まれそうになる。初花は心を鎧《よろい》で固め、頑なに亜久里の波動が心の奥に至るのを阻止した。

傍目《はため》から見れば何気なく歩いているように見えるだろうが、亜久里との戦いはすでに始まっていた。

好奇心に堪えきれず、初花は危険を覚悟で心の隙間をつくってみた。

すると、虚無《こむ》僧《そう》姿の男が頭の中に浮かんできた。

亜久里に違いない。背後の光景は見えず、ただ墨で塗りつぶしたかのような濃い闇を背負っている。

雨はみぞれに、さらに雪へと変わっていた。一歩進むごとに肌が冷えていくのを感じる。

ぶるっと身を震わすと、亜久里の放つ波動がにわかに勢いを増した気がした。

増上寺の門前町から四半刻《しはんとき》ほど歩いただろうか。愛宕山の麓《ふもと》に立つ大きな鳥居の前まで初花はやってきた。

ここから急峻な石段を登り、社殿のある愛宕山の頂へと向かう。

頂と言ってもほんの九丈ほどしか高さはない。

それでも、なだらかに広がる江戸の町が十分に見渡せた。

空は厚い雲で覆われていた。初花は雪片《せっぺん》で白くなり始めた足元をたしかめながら先を急ぐ。

頂まで至る坂は二つ。男坂と女坂だ。

言わずもがな男坂は急峻、女坂は男坂よりもなだらかに作ってある。

初花は迷わず男坂の六十八段を登った。亜久里と早く相まみえたい気持ちがそうさせたのだ。

登り切ると、薄闇の中に虚無僧姿の男が立っていた。

「亜久里さまでございますね」

初花は弾む息を整えながら語りかける。

「我が名を知っておるのか。おまえの名も聞こう」

「初花と申します」

「美麗な女だ。現の乱れを憂《うれ》いた天神が差しつかわせたのか」

深編笠《ふかあみがさ》越しの声は小さくかすれ、雪の落ちる音にさえ紛れて聞きもらしそうだ。

だが亜久里と初花には関係ない。亜久里の言葉は心に直接伝わってくるからだった。

「お逢いしとうございました」

言葉とは裏腹に、視線が揺れるほどに初花はがくがくと震えていた。

亜久里の例えようもない強さを、初花の髪が肌が、そして指先が感じ取っている。

「ふふ、怯えておるな。道に迷うた子鹿のようだ」

「ご明察のとおり、あなたさまが恐ろしゅうございます」

「この顔を見ても変わらぬかな」

亜久里は深編笠の縁に左手を運ぶと、ぽんと跳ね上げた。力なく垂れた右手が、風にあおられた暖簾のごとくゆらりと前後する。

白髪白眉の顔が露わとなった。

頬がげっそりと痩《こ》けていた。幾重もの筋が絡み合うように浮き出た首は、枯死間近《こしまぢか》の老木の幹を思わせる。とても三十を超えたばかりの歳とは思えなかった。

深い皺がぎっしりと刻まれた顔の中で、黒目だけが別の生き物のごとく狡猾《こうかつ》そうに動き回っている。

皺だらけの肌はかりそめであり、その下に精悍《せいかん》かつ獰猛《どうもう》な獣が潜んでいるのではないかと思わせた。

危険だ。この男にはできうるならば関わるべきではない――初花の本能がそう訴えている。

雪は勢いを増しながら降り続いていた。たちまちのうちに本殿に続く石畳を覆い尽くしていく。

「ん？　なんだこの色は、赤々と燃える炎のような」

亜久里は、初花に生じていた恐怖とは別の感情を読み取ったらしい。

「その色は、わたくしが求めてやまぬ願いの表れでございます」

「なにを求めておるのだ」

「強く恐ろしき、あなたさまのお命」

落ち着きなく動き回っていた目がぴたりと初花に向けられた。

「恐ろしいゆえに相手の命を欲すると言うのか。まあよい、世には物好きもいるもの。おまえもそのうちの一人かもしれぬ」

初花は刀を抜き、すうっと構えた。

「お覚悟を」

亜久里はくくっと笑った。

「ありとあらゆるものが、おまえにとって不利に働くぞ」

三

「ここは？」

気がつくと、初花は霞が濃く立ちこめる中に立っていた。

周囲を見回したが、茫洋《ぼうよう》として自らがどこにいるのかも分からない。

亜久里の心が作り出した場にいるのだと思い知る。すでに初花は亜久里の心の中に取り込まれていた。

冷たい横風が吹きすさび、前方の霞を追い払う。

そのあとに、全身を白衣で包んだ亜久里の姿があった。初花から十間ほど離れているであろうか。

「さあ、刀を合わすとしよう。どのような腕前なのか楽しみだ」

亜久里の声は、初花の頭にびりびりと染み渡った。

「いざっ」

初花は小走りに間合を詰めた。

亜久里は不敵な笑みを浮かべ、右手でじわりと刀を抜いて脇構えにとる。

現では動かぬ右手も、心の中では縦横自在。なるほど左手一本での武芸鍛錬など無用と見なした気持ちが分かる。

息を合わせたごとく、二人は同時に跳躍して斬り込んだ。

生首の血を吸い尽くしてきた凶刃が、初花の首筋めがけて振り下ろされる。

刀の銘は知らないが、切っ先から発する凍てつく冷気が切れ味のほどを物語っていた。女の細首を断ち切るのに、いかほどの力も要さぬであろう。

「うんっ」

初花は半身に転じて超速の斬撃をかわした。一連の動きから生じた勢いのまま、亜久里の右肩を斬り落とさんとする。

が、亜久里は悠々と初花の一撃を外した。

二人はそのまま駆け抜け、五間ほどの間合を取ったところで互いに振り返る。

亜久里は考え込むように顔をうつむかせ、ぶつぶつと独《ひと》りごちた。

「ふうむ。取りたてて変わったところはない。これで無格や蝙也斎を倒したとは意外。女と侮《あなど》って不覚をとったのか」

ややあってから白髪頭をぐいっと持ち上げ、薄い唇の両端をぎいっと目元近くまで吊り上げた。

「だが私は違う。女とて容赦《ようしゃ》せぬ」

目に獰猛な光を走らせる。

人間離れした異相だ。これこそが亜久里の本性を露わにした顔に思えた。

四

「あっ」

初花は小さく叫んだ。

突如として地面がぬかるみ、ずぶずぶと足元が沈んでいく。たちまち足首まで埋まった。

素早い足捌きで攻め、かつ相手の攻撃をかわす初花が、足の動きを止められては致命的だ。

亜久里は一度の手合わせで初花の戦い方を見抜き、地面を沼地へと化したのだった。

「動けまい。足さえ止めれば、おまえなどなにもできぬ。斬り刻まれるのを待つばかりだ」

亜久里は高笑いをしながら初花に打ちかかってきた。

「なんの」

初花はこれを刀で受けた。続く攻めを身を捻《ひね》ってかわす。

傾いだ姿勢から横に薙いで反撃を試みた。

亜久里は素早く遠ざかり、初花に笑みを見せる。

「おっ、なかなかやるな。これは愉快」

「まだまだでございます。もっとわたくしを恐れさせて下さいませ」

強がりや虚勢ではなかった。

「その望み、かなえてやろうぞ」

亜久里は落ち着き払った顔で告げると、すっと目を閉じた。

ぱしっぱしっ。

いくつもの光が初花の目の前で弾けた。

楕円形の光の残像からにょきにょきと手が生え、初花に向かって伸びてくる。

女を思わせる細長い指が初花の着物を摑んだ。ぐいとばかりに引き寄せる力は並みの男よりもずっと強い。

そのうちの一本が刀の柄に伸びてきた。摑まれると刀が振れなくなる。

初花は刃を一閃《いっせん》させ、すべての手を切り落とした。

その直後、先ほどに優る数の手が八方から伸びてきた。

地面から伸びた手が足首をがしりと握り、背中から伸びた手が襟首を摑んできた。

さらに初花の両のかいなに向かって六本の手が伸びてくる。

「くっ」

初花はおぞましさに吐き気を覚えながら、再び刀を振るって手を斬り落とした。

するとさらに数を増した手が宙から伸びてきた。

「はは、現ならば戦う者同士、互いに有利不利がある。だが、私の心の中はそうはいかぬ。すべてが私に有利に働くのだ」

足元のぬかるみは粘りを増し、底なし沼のごとく初花を引き込もうとしている。

すでに膝まで泥沼に沈んでいた。

「それでもわたくしは負けませぬ」

初花は泥を押しのけるようにして、じわじわと前に進む。

「ふふ、同じ台詞《せりふ》を吐いた者が一人いた。だが、しばらくは奮闘《ふんとう》していても、やがて音を上げる。武に長《た》けた者が憐れみを請《こ》うときの愉快さと言ったら」

亜久里は嗜虐《しぎゃく》を目と口元に浮かべた。

手の数は斬るたびに増えていく。

それでも初花はひるまない。よろけながら歩を進めた。亀の歩みのごとくであったが、半歩、また半歩と亜久里に近づく。

ついに間合は一間を切った。刀を振り下ろすだけで届く領域へと踏み込んだのだ。

「愚かな。自ら間合に入ってきおった」

ぎゃんと光がほとばしり、初花は思わず目を閉じた。同時に頭、肩、手首を数えきれぬ手でがっしりと摑まれたのを知った。

微動だにできなくなった初花の着物に、余った手が重なり合うようにして摑みかかり、襟元から裾までを強い力でずるずると引き開く。

帯を残すのみとなった初花の肌が、首から足先まで亜久里の前に剝き出しとなった。

「なんという白い肌だ。この白さが血潮で染まる様を思い浮かべるだけでたまらぬ」

亜久里は恍惚《こうこつ》とした表情でうめくように言った。

初花は亜久里に心の声で応える。穏やかに、そして冷徹に。

「いえ、奈落に落ちるのはあなたさまでございます」

「まだ負け惜しみを言うか。まあよい。これで終わりだ」

亜久里はしゃきっと刀の柄を握り直した。

きっと口を引き結び、腰に引き込んだ刀の切っ先を、産毛の光る初花の腹に突き込む。

肉を断つ陰気でしめった音がした。びしゅっと液状のものが噴き出す音が続く。

手元から顔まで鮮血を浴びた亜久里が、笑いながら立っていた。

血の臭いが鼻をつく。

「うは、うはは」

亜久里は、耳まで裂けそうなほどに大きく口を開いて笑った。その声が徐々に小さくなっていく。

二呼吸ほど経ったであろうか。

「うう……」という渋いうめきと同時に、周囲の光景ががらりと変わった。

「こ、これは……」

石畳の上に横たわった亜久里が、しわくちゃの顔の奥にある目を大きく見開いている。

「実を断つ、これ斬剣の王道」

亜久里は初花の一言を耳にすると、自嘲《じちょう》の笑いをこぼした。

「そうか。心の戦いのさなかに、肉身を斬ったのか」

「わたくしの心の幾ばくかを、体に残して参りました。あなたさまと心の戦いを繰り広げているあいだに、わたくしの体は一歩ずつあなたさまの体に近づいていたのでございます」

亜久里はかかと笑った。

「そして私はおまえとの戦いに気を取られ、現にあるおのれの体を蔑《ないがし》ろにしていたというわけか。これはやられたわい」

今にも息が絶え入りそうな亜久里に、初花は顔を寄せた。

「あなたさまに命令を下していたのは誰でございますか」

「奇気六術《ききろくじゅつ》を遣うお方だ。名は正木利充《まさきとしみつ》……」

そこで言葉は途切れた。

初花は愛宕権現の本殿前にいた。辺り一面、雪で真っ白に染まっている。

雪は足首が埋まるほどに降り積もっていた。先ほどまでの泥沼が現実の出来事であったかに思える。

足元に事切れた亜久里が横たわっていた。降り落ちる雪が枯れ木のごとき屍をみるみる覆い隠していく。

雪は初花の頭と肩にも積もっていた。

首を大きく振ると、どさどさと音を立てて落ちた。

体が凍りつきそうなほどに冷え切っている。早くこの場を立ち去り、暖を得なければ命すら危ういと思えた。

だが初花には歩く力が残っていなかった。

それどころか、立ち続けていることすら難しくなっている。

亜久里との戦いは、計り知れない消耗を初花の心身にもたらしていた。

「これで、またひとつ。うっ」

初花はその場に崩れ落ちた。

五

初花が石畳に倒れ込んだとき、石段を駆け上る足音が聞こえた。

続けて何者かが走り寄る気配を感じる。

弾む息遣いを間近に感じていると、冷たい手が初花の項《うなじ》に触れた。

「しっかりいたせ」

落ち着きのある声が雪原と化した社地に響く。

「多聞さま……よくここがお分かりに」

多聞は初花の着物の乱れを整えた。

ついで項に腕を差し入れて上体を起き上がらせる。

「来るなと言われると、逆に行きたくなるのが人情というものでな。駿一郎と手分けをしてておぬしを捜した。偶然にもここを駿一郎と落ち合う場所に決めておる。もう少しでやってくるであろう」

多聞の手でじかに触れられたのは初めてだ。

肉づきが乏しい体に見えるのだが、初花を支える腕は思いのほか逞《たくま》しく感じられた。

「かたじけのうございます」

項に回された腕にぐっと力が入った。

「分かっておる。精一杯戦ったのだな。おぬしはいつもそうだ」

いたわる声に愛おしさが込められている。

初花は多聞にほほえみかけた。

「すべてを出し切らねば倒せぬからでございます」

全力で当たっても跳ね返される。だが、初花の勝機はいつもそこから始まるのだった。

駿一郎が現れた。

石段を一気に登ってきたらしく、はあはあと口から湯気を立ち上げている。

「ちきしょうめ。俺が近くに寄りゃあ文句を言うくせに、体まで引っつけてやがる。離れろってんだ」

開口一番、多聞に悪態《あくたい》を吐《つ》く。

「多聞さま。亜久里に命令を下していたのは奇気六術を遣う男です。名は正木利允。お心当たりはございませぬか」

疲弊しきった体とは裏腹に、初花の思いは次の戦いへと向けられていた。

多聞は思案げに眉を寄せた。

初花の項から腕を引き抜いて両腕を組む。

「奇気六術とは、おのれの体の重さや大きさ、さらに硬軟を自在に操る術だ」

「馬鹿馬鹿しい。おとぎ話じゃあるめえし」

駿一郎が吐き捨てた。

多聞は駿一郎の声など聞こえぬかのように続けた。

「怪しげな方術に思えるかもしれぬが、奇気六術の唯一の遣い手だった正木利允は一流の武人だった。さまざまな武具の創意工夫《そういくふう》をしながら求道の人生を送った」

正木利允の業績でよく知られているのは、万力鎖《まんりきくさり》を考え出したことだ。

万力鎖とは鎖の両端に分銅をつけた武器だった。鬼神組の一人が使っていた鎖分銅のように、さまざまな改良を加えられ新たな武器を生み出す元となった。

「おい、ちょっと待てよ。まるで利允ってのが死んじまったみてえな物言いだな」

「そのとおりだ。安永五年、すなわち今から二十年ほど前に八十八歳で亡くなっておる」

　駿一郎が呆れた顔で告げた。

「なんでえそりゃあ。またまたあの世の住人の生まれ変わりがご登場かい。無格や蝙蝠の爺と同じじゃねえか」

「わたくしは亜久里の言葉を信じます。利充とは別人であろうとも、次なる敵は奇気六術の遣い手に違いありません」

　一人倒すたびに敵の核心に近づいていく実感がある。今回も同じだった。倒した相手の口から語られる次なる標的もまたしかり。

「初花、話はもうよい。このままではおぬしは凍え死ぬかもしれぬ。手早く下って温もりを得よう」

「はい」

　初花が返事をすると、多聞は背を向けて頭を地面につきそうなほど下げた。引きこむようにして初花を背に負うと、石段に向けて歩き始めた。

「お、おい……ちょっと」

　慌てふためく駿一郎を尻目に、石段を下りはじめる。

　多聞の背を介して体の温もりが伝わってきた。それが思いのほか心地よく、初花は疲れもあって眠りそうになった。

「眠ってはならぬ」

多聞の声に、初花は鉛のように重くなった瞼を持ち上げる。

「駿一郎、門前の旅籠屋を叩き起こせ。風呂を支度させるのだ。急がねば初花がどうなるか分からぬぞ」

「おう、がってんだ。今日はおめえにおいしいところを譲ってやる。だが、この一回だけだぜ」

言うが早いか、初花を背負う多聞を横から追い抜き、転がるような速さで石段を駆け下りていった。

「多聞さまの背中、大きくて温こうございます」

睡魔《すいま》との戦いは辛いが、ずっと多聞の背に負われていたい気になる。

初花は眼を閉じ、頭の重みを多聞の背に預けた。

「えっ……い、いや……」

そのとたん、多聞の背中の筋が急に硬くなり、突っ張るようなぎこちない動きとなった。

足の運びまで怪しくなり、今にも足を滑らせそうになる。

おどおどする多聞が情けなくも、いじらしくも思えた。

「自らの足で歩けそうな気がいたします。降ろして下さいませ」

背中越しに声をかけると多聞の足が止まった。名残惜しそうにじっとしている。

やがて、ゆっくりと腰が沈み、初花の足は石段に届いた。

初花が離れても、多聞は感触を味わうかのように腰を落としたままでいた。

第六章　奇気六術

一

初花は、駿一郎らと待ち合わせた茶屋の床几に腰かけていた。

爽《さわ》やかな風が通りから茶屋に吹き込んでくる。三月も下旬に入り、江戸の町屋は春の気配に満ちていた。

ここ二、三日は晴天が続いていた。この日の空もからりと晴れ渡っている。

初花をのぞいた茶屋の客は二組。武家の夫婦と大工の二人連れだった。

初花は武家の夫婦に興味を持った。

二人並んで座し、この店の売り物である汁粉を啜《すす》っている。その有様がいかにもほほえましく、初花はおのれの口元がほころぶのを感じた。

夫、妻とも四十過ぎに見え、ともに上等な生地の着物を身につけている。

特に初花の目を引いたのは妻に向ける夫の優しいまなざしだ。

大きな体を折り曲げて妻と目の高さを合わせ話をしている。その仕草に、いたわりと思いやりを感じた。

汁粉を飲み終えた二人は、我が子の成長ぶりについて話し合っているようだった。

小柄で童顔な妻がほほえんでいる。

優しい夫と子供に恵まれた女ならではの落ち着きが見て取れた。

この妻のごとく心安らかな境遇になれたら幸せであろうな、などと初花は考えてみる。

大奥では決して得られぬ幸福だった。

居食には事足りた大奥での暮らしだが、女ばかりの社会は常に緊張を強《し》いられる。

互いを見張り合う空気があり、たたずまいひとつにも気を抜けなかった。

陰での中傷《ちゅうしょう》も女社会では避けられない。

初花が家斉の誘いを断り続けているあいだは、奥女中たちから好意的に受けとめられていた。

ところが家斉と一夜を共にしたとたんに雰囲気は一変し、厳しい目が向けられるようになった。

それは大奥での居心地を重く憂鬱なものにしていた。

ふと気づくと、武家の夫婦の姿は店から消えていた。

店の中に漂う汁粉の甘い匂いが、二人の残り香のように思える。

「待たせたな」

駿一郎が一間も離れていない場所に立って初花を見下ろしていた。

初花が物思いに耽《ふけ》っているあいだに、茶屋に入ってきたらしい。

すらりとした体に薄着をまとい、この日も鯔背《いなせ》を気取っていた。

「なんだよ。じろじろ俺の顔を見やがって。照れ臭えじゃねえか」

そう言いつつも、そこが定位置であるかのように初花のすぐ横に腰を下ろす。

「奇気六術を遣う者についてなにか分かりましたか」

前置きもなしに問うと、駿一郎は力なく息を吐き出して首を斜めに傾けた。

「そいつがはかばかしくねえんだ。奇気の奇の字も出てきやがらねえ。だいたい体が重くなったり軽くなったりなんぞできるもんか。やっぱりあの話は戯《ざ》れ言《ごと》だと思うぜ」

「荒唐無稽《こうとうむけい》に思えるかもしれませんが、わたくしは本当だと思っています。今少し調べを続けて下さい」

駿一郎は、いつになく真剣な顔つきとなった。

「初花、奇気六術なんぞにこだわっている場合じゃねえぞ。おめえの身が危なくなってきたんだ。火盗改方がおめえを捕まえようと盛んに動き回ってやがる」

駿一郎は律儀にもかなり前に頼んだ用を忘れていなかった。

利充について探りながら、火盗改の動きにも目を離さずにいたのである。

初花は因速寺の門前で平蔵らに顔を見られている。駿一郎が懸念を抱くのも無理はなかった。

だが初花ははっきりと告げた。

「心配は無用です」

駿一郎は、初花に顔をくっつけんばかりに寄せてきた。

「いいか、よく聞け。火盗改の同心たちにゃあ差口《さしぐち》って手下がいる。こいつらは岡っ引きみてえなもんで、子分を何人も抱えている。ぜーんぶ合わせりゃ結構な人数になるんだ。江戸のそこら中にこいつらの目が光っていると思わねえと」

「敵の本陣にあと少しのところまで迫っています。ここから引き下がるわけには参りませぬ」

駿一郎は繰り返し初花をいさめてきた。

「やめろ。長谷川平蔵さまの目から逃れられた奴はいねえ」

「うふっ、うふふ」

こらえようのない笑いが、初花の腹の底から湧き起こってきた。

平蔵率いる火盗改と激突する場面を想起したからだ。

屍《しかばね》の山を築きながら疾駆するおのれの姿が鮮明に見える。

返り血で真っ赤に染まりながら、与力同心を斬り殺している初花は笑っていた。命を賭した殺戮をこのうえない悦びと感じているのだ。

「なにがおかしいんだよ。真面目に聞いてくれ」

「ちゃんと聞いています。駿一郎はどうすればよいと思いますか」

駿一郎はごくりと唾を呑み込んだ。

「どうだい？　ほとぼりが冷めるまで俺の長屋でおとなしくしているってのは」

駿一郎の裏長屋は日本橋南の音羽町にあった。初花は駿一郎に案内されて一度だけ訪ねたことがある。

「わたくしが隠れる場所はなかったように思いますが」

押入れすらない九尺二間の一間だった。

「俺の女房のふりをしてりゃあいいんだよ。しばらくのあいだは長屋の連中の物見が絶えねえだろうが、それもいっときの間だ。みんなお人好しで物分かりのいい奴ばっかりさ。誰にも言わねえでくれと頼めば、やんごとない事情だと呑み込んでそのとおりにしてくれる」

話じているうちに、初花と同じ部屋で暮らす情景を思い浮かべたのか、駿一郎はとろんとした顔となった。

夫婦気取りの流れのまま初花と布団を同じくする場面でも思い浮かべたのだろう。

立場は天と地ほど違うが、将軍家斉も駿一郎もこういう点は変わりない。

「わたくしについてはどうかご心配なく。それよりも、ほかに耳にしたお話はありませんか」

駿一郎は落胆《らくたん》の吐息をもらしながらも、いまだ上気した顔で答えた。

「おかしな病が江戸で広まっている話ぐれえかなあ。通りを歩いている者がなんの前触れもなく倒れて死んでいくんだ。それも一人や二人じゃねえ。一度に何人も死んじまうらしい」

「どうしてそれが病だと？」

ほかの原因は考えられなかったのか。

「死んだ者の体にまったく疵がねえってんだ」

恐怖による支配を企む者たちの所業ではないか。

初花の思案をよそに、駿一郎はたんたんとした口調で続けた。

「一番初めは京橋だったんだ。三人が突然倒れてな。その二日後に柳橋で五人、最近じゃあ浅草の奥山で七人逝《い》っちまった」

江戸では行き倒れで死ぬ者が少なくない。その程度の人数ならば行き倒れのほうがよほど多かった。

騒ぎになるのは、元気に歩いていた者が何人もまとめて死するからだ。

鼻をくんくんさせながら多聞が店に入ってきた。

駿一郎に厳しい一瞥を向けてから、初花の横に腰かける。

「ちっ、どうしていつもいいところで来やがるんだ。死にやがれ」

駿一郎があからさまに舌打ちをした。

初花は二人の男に挟まれた形となる。ただし駿一郎とは違い、多聞は一尺ほど初花の腰から体を離していた。

二月前の男坂での出来事以来、初花に対する態度がぎこちなくなっていた。

とはいえ、甘味の話になると、いつもの多聞らしくなる。

「ふむ、悪くない。初花の店選びにはいつも感服いたす」

店に漂う甘味の匂いが気に入った様子だ。

「汁粉を一杯頼む」

多聞は店の主に向かって注文した。

味見をしてから本格的に食べるつもりらしく、多聞にしては控えめな注文だ。

店の主が湯気の上がるお椀を運んでくると、多聞は鼻をつけんばかりに近づけて匂いを嗅いだ。

次に一口含んで三、四回ゆっくり咀嚼する。顎の動きを止め、すっと目を細めて「良い味じゃ」とつぶやいた。

そこから食べ方ががぜん変わった。ふうふう息を吹きかけながら猛烈な勢いで口に掻き込んでいく。汁粉が椀からこぼれるのではと心配したくなるほどの勢いだ。

「もう一杯だ」

豪快な食べっぷりに圧倒されて立ち尽くす店の主に、多聞はお替わりを注文した。

主がお椀を持ち去ると、ようやく本題をしゃべる気になったようだが、いつもより声に元気がなかった。

「こたびは難儀をしておる。奇気六術にも正木利充にも関わりのありそうな話がまったく見つからぬ」

眼鏡の奥の目を珍しく曇らせる。

「なにも成果はなかったというのですね」

「強いて言えば、正木利充の逸話を一つ思い出したぐらいだ」

「その話、ぜひともお聞かせください」

利充についてなら、どんなことでも知りたかった。

「利充は、座したままで桁《けた》を走る鼠《ねずみ》を落としたという。奇気六術はおのれの身を思いのままに変化させる。極めれば鼠の体まで自在にできるのであろう」

「鼠相手の技の話なんぞ、誰も聞きたかねえや」

駿一郎の言葉とは裏腹に、初花は大きく身を乗り出していた。

「多聞さまは、最近になって流行りはじめた病についてご存じですか」

興奮のあまり早口となる。

「突如として何人かが倒れ死ぬ病であろう」

「その病、正木利充の仕業では」

多聞は「むっ」となり、初花に視線を合わせてきた。

運ばれてきた汁粉には手を出さず、かすれた声で問い返す。

「どうして、そう思う？」

「体の大きさが違っても、心には差がありません。鼠が落とせるのならば人とて同じでは」

「だとしても、なんのために病を装《よそお》った殺しをせねばならぬのだ」

答は、すでに初花の中にあった。

「病への恐れで人心を制圧するためです。鬼神組や勝之進たちのときと狙いは同じ」

「ううむ。この病が江戸のそこら中で起こる事態となれば、たしかに人々の恐れは膨らむばかりだ」

初花は駿一郎に顔を向けた。

「頼みがあります」

「おう、ようやく俺にお鉢が回ってきたか。なんだよ」

「病が起きた場所の近くに、奇気六術を操る者、すなわち正木利充がいたはずです。不審な者の姿はなかったのか調べて下さい」

「がってんだ。そうこなくっちゃあ」

駿一郎は意気揚々と答えた。

「多聞さまは、引き続き長谷川平蔵さまについて調べて下さいませ」

「うむ、もぐ」

三杯目を啜っていた多聞は、汁粉を口いっぱいにほおばったまままうなずいた。

二

三日後の夕刻。

昨晩から落ちはじめた雨がまだ降り続いていた。

「あの女はまだ見つかりやせん。江戸中の女を検分するなんて何年経ってもできませんぜ」

平蔵は、報告ならぬ愚痴をこぼしにきた廻り方与力に笑みを向けた。

「まあ、そう言うな。早ければ一両日中、いや女の動き次第では二、三日の内にも姿を現すであろう」

「よい手立てでもあるんですかい」

陽射しが雲にさえぎられ、すでに居間は薄暗くなっていた。

「これまであの女は、世人に恐れをもたらす者ばかりを殺してきた。つまり、あの女が殺したくなる者が現れればよいのだ」

「は？　分からねえなあ。なにがどうだってんですか」

平蔵はにんまりと口辺を引き上げた。

「江戸の町になんの前触れもなく死をもたらす病が起こる。道行く者たちがばたばたと倒れていくのだ。これほど人を恐れさすものはなかろう」

「巷を騒がせている例の病ですかい？　あの病を誰かが引き起こしているとでも」

「そうだ。正木利充なる武人の名を騙《かた》っている男の仕業だ」

与力が息を呑んだ気配がした。

「そいつのせいだと、どうして分かるんですかい」

「ふふ、この平蔵の地獄耳と八方目《はっぽうもく》を忘れたか」

ばらばらっと大粒の雨が地面を叩く音がした。

部屋の中は刻々と暗さを増しているのだが、平蔵は火を灯せとは命じない。

平蔵も与力も、薄闇の中の黒い影と化していた。

「だったら女は後回しにして、まずは利充とやらを捕まえましょう」

「否。我らが捕らえるべきは、かの女をおいてほかにない。取り逃がしたままでいれば世間の笑いものだ。そのあとで利充を名乗る者を捕らえても遅くない」

「で、どうなさるおつもりで？　相手は女一人、見つけさえすりゃあ捕らえるのはさほど難しくねえと思いますが」

「あの女が殺してきた者たちの顔触れを思えば侮れぬ。周到に段取りを進めねばなるまい」

言い終えると、平蔵はくっと笑い出した。

その笑いは、町人たちから慕われている「今大岡」とは似ても似つかぬ邪悪な色を帯びていた。

三

両国西広小路に建つ茶屋で、初花は駿一郎と向かい合っていた。

広小路は人であふれかえり、息苦しいほどの人いきれと熱気に包まれている。

行商人の売り声や往来する者たちの話し声がかまびすしく聞こえていた。

初花たちのいる茶屋の前は混雑が特に激しく、揉み合うようにして人が行き来していた。

「初花、気をつけたほうがよさそうだぜ」

「分かっています。目つきの鋭い男たちが辻ごとに立っておりました」

初花は、茶屋に至るまでに目にした光景を思い浮かべた。

通りのあちこちに男たちが立ち、往来に厳しい目を向けていた。一目で火盗改の同心と分かる男もいれば、やくざやごろつきと変わらぬ風体の者も混じっている。若い女を目にすると呼び止めて顔をたしかめ、しつこく素性を問い質していた。間違いない。初花を捜しているのである。

初花は頰被りで髪形と顔を隠し、雑踏《ざっとう》の中を縫うように進んで男たちの目を逃れてきた。

店内は混んでいた。十二ある床几はすべて客で埋まっている。

三月も晦日《みそか》間近となり、暑さを感じる日が多くなってきた。給仕の女たちが額の汗をぬぐいながら茶を運んでいる。

道行く者が突如倒れて死んでいく病は江戸のいたるところで発生し、町人たちから『ぽっくり』の名で呼ばれるまでになっていた。

ところが、どういうわけか両国の東西広小路だけは、まだ病が出ていなかった。

「あそこだけは大丈夫だ」と理由もなく言い始めた者がおり、そのためか普段に倍する者たちが集まってきていた。

初花が両国西広小路を駿一郎らとの会合の場に選んだのには理由がある。

これから間違いなくぽっくりの起きる場所だと考えたからだ。

最後の砦とも言えるこの地でぽっくりが起きれば、病から逃れられる場所がなくなる。それこそ世人を恐れさす効果は十分だ。

「駿一郎、なにか成果がありましたか」

各々の床几で客は世間話《せけんばなし》に興じており、騒がしい反面、周りを気にせずに話ができた。

「ぽっくりの現場に出くわした者を五十人ほど捜し出して当たってみたんだ。だが、ぽっくりが起きたときには、どいつも動転しちまって周りを見る余裕なんぞなかったようでな」

初花が落胆して目を伏せると、駿一郎が慌てた口調で付け加えた。

「そうそう、道端にぽつんと置かれた乗物（武家の乗る駕籠《かご》）を見たって町人が一人だけいた。ぽっくりの話は武家だってよく知っている。出たと聞いて乗物から飛び出し、逃げちまったのかもしれねえなあ」

駿一郎の話には、本人が気づいているかいないかにかかわらず、重要な内容を含んでいるときがある。

初花は、一見つまらなそうな話でも心に留め置くよう心がけていた。

多聞が店に入ってきた。この日もすかさず給仕の女に甘味を注文する。

この茶屋は「助惣焼《すけそうやき》」が美味いと評判の店だった。

助惣焼は小麦粉を水で練って伸ばし、できた薄皮で餡を包んで作る。出来上がりは春巻に似た形状をしている。

千利休がこよなく愛した茶事の菓子としても知られ、当時は刻んだ胡桃《くるみ》や山椒味噌《さんしょうみそ》などを包んでいたという。名も「ふのやき」と称していた。

江戸時代に入り、糀町三丁目の橘屋佐兵衛《たちばなやさへえ》が餡を包んで「助惣焼」と名を改め売りに出したのが最初だという。

多聞は運ばれてきた助惣焼にかぶりつき、もぐもぐと口を動かしていた。

二本、三本と平らげてから初花に目を向ける。

「長谷川平蔵さまについてなにかお分かりになりましたか」

「はかばかしくない」

多聞は首を振り、お決まりのそっけない返答をする。

「まだ足りぬようですね。どうぞ召し上がれ」

初花は、皿から助惣焼一本を取り上げて多聞に差し出した。

多聞は受け取るとすぐ口に入れた。目を細めて咀嚼を繰り返す。

食べ終えると、ようやくまともにしゃべりはじめた。

「興味深い話が二つあった。いずれも人足寄場についての話題ゆえ、平蔵さまご自身についてではない」

「たいした話じゃねえのなら、黙っとけよ。もったいぶるところが、おめえの悪い癖さ」

「駿一郎」

叱りつけると、駿一郎は不満そうな顔で口をつぐんだ。

「どのようなお話ですの」

「人足寄場見廻《みまわり》という役がある。町奉行所の与力が務め、人足寄場の中を歩き回って見回りの結果を書き留めるのが仕事だ」

見回りの記録は、多聞ら例繰方がいる場所にも持ち込まれる。

「その中に、人足寄場には見廻役ですら立ち入りを許されぬ一角があると書かれていた。周りを高い塀で囲んであり、中をのぞくこともできぬと」

多聞は一呼吸置いてから続けた。

「もう一つは人足寄場からの出奔《しゅっぽん》だ。人足の寝場所を牢屋造りにしたり張番所《はりばんしょ》を三か所も設けるなどして出奔を防いでいるものの、寄場から姿を消す人足が毎年何人かいる。出奔した者の捜索は町奉行所が担うのだが、消息の知れぬ者がほとんどだ」

「捕まれば死罪は免れません。捜索の目から逃れるのが当然なのでは」

多聞は首を振った。

「そうとばかりは言えぬ節《ふし》がある」

「どういう意味でございますか」

「出奔人と同じ場所で寝起きをしていた者たちが、逃げ出す気配はまったくなかったと口を揃えて語っているのだ」

駿一郎が「へん」と鼻で笑った。

「馬鹿馬鹿しい。島抜けってのはこっそりするもんだ。周りに分かるようにするわけねえじゃねえか」

「そうとは言えぬ。出奔には周到《しゅうとう》な支度《したく》が必要だ。周りの者にまったく知られずに済ますのは難しい。完璧に隠し通した者もいたであろうが、出奔人のすべてが周りの者からまったく気づかれずにいたのはおかしい」

初花は小さく身動ぎした。

「多聞さま。消えた人足たちは、立ち入りを禁じられた囲いの中で命を奪われたのではは」

「なぜ、そう思うのだ」

今度は初花が問われる番となった。

「わたくしが倒してきた相手は人を殺める技に卓越《たくえつ》した者ばかりでした。実際に人を相手にした修練を積まねば、あそこまで到達できないと思うのです」

「人足を相手に殺人の技の修練をしていると言うのか」

「あくまで推察《すいさつ》でございます。事実のほどは分かりませぬが」

多聞はなにかに気づいたのか、はしはしと目を瞬《しばた》かせた。

「そう言えば、平蔵さまは公用金《こうようきん》の不足を補うため人足寄場に多額の私財を投じたと聞く」

幕府からは、人足寄場建造の年で五百両、翌年に至っては三百両しか下されなかった。

さらに――。

「これだけではとても足りなかったであろう」と多聞は付け加えた。

「家の蓄えだけでは足りなかったので、平蔵さまは銭相場《ぜにそうば》に手を出して大金を調達《ちょうたつ》されたらしい。その行いがゆえ、功利をむさぼる山師と揶揄《やゆ》されているとか」

駿一郎が口を挟んだ。

「持ち金を突っ込んだうえに手まで汚すとはな。人がいいのにもほどがあらあ。無宿人に職を覚えさせるってのは表向きで、ほかの目的があったんじゃねえかと勘繰《かんぐ》りたくなるぜ」

「よいところに気づいたな」

多聞が駿一郎を褒める場面を見るのは初めてだ。

初花の推察どおりだとすれば、平蔵は江戸の町の平穏を守る役職にありながら、江戸の住人たちに恐怖を植えつける手立てを着々と進めていることになる。

初花はきゅっと唇を噛み締めた。進むべき道筋が、はっきり定まってきた気がした。

そのときである。

茶屋の外で騒ぐ声が聞こえた。

「どうしたってんだ」

駿一郎の声を聞くよりも早く、初花は店の外に飛び出していた。

十人ほどが地面に倒れ伏している。全員がすでに息絶えているようだった。

そこから二十間ほど離れた場所で、またも甲高い悲鳴が起こった。

新たに五人が倒れ込んでいた。

連れ合いであろうか。年若い女が横倒しになった男に抱きついて泣き叫んでいる。

「ぽっくりだ。逃げろ」

大きな叫び声をきっかけに、人々は地響きを立てて右往左往しはじめた。どこにどう逃げていいのすら分からないのだ。

逃げ惑う者たちの頭が海の波頭《はとう》のごとく揺れ動いている。

一群の頭が海に沈むかのように消えた。

周囲から恐怖の叫びが起こり、逃げ場を求める者同士が揉み合っている。

初花とて物見を決め込んでいるわけにはいかなかった。逃げ惑う者たちが次々と体をぶつけてくるのだ。

だが初花は、駿一郎から聞いた話を思い返しながら冷静に周囲を観察していた。

「あった」

小さく叫ぶと身を沈め、群衆の波の中に潜り込んでいく。

人混みを抜け出した先に、一挺《いっちょう》の乗物が忘れ去られたようにぽつんと置かれていた。

「うっ」

近づこうとした初花の全身に電撃が走った。

乗物から発せられている強烈な念波を浴びたからだ。

その間にも、十人、二十人と、倒れ伏していく者が増えていた。

初花は構わず乗物に向かう。近づくほどに念波は強まり、心ノ臓を鷲摑《わしづか》みにされたかのような胸の痛みを感じた。

その念波が突如消えた。

同時に、どこからともなく陸尺《ろくしゃく》（駕籠かき人足）が四人現れ、乗物を持ち上げた。

周囲の喧騒など聞こえぬかのように、静かに進み出す。

初花は二十間ほどの間隔を取りながら、乗物のあとを追った。

駿一郎が初花を見つけて追いついてきた。

「おめえが見えなくなったんで、ぽっくりにやられたのかと思ったぜ。どこに行くつもりなんだよ」

小声で背後からささやく。

「あの乗物の行き先をたしかめるのです。中に奇気六術の遣い手が乗っています」

駿一郎は初花の横に並んだ。

「今日、ばたばた人が死んでいくのをこの目で見るまで、多聞の話なんざ信じちゃいなかったんだ。だが今は違う。俺もつき合うぜ。初花の行くところならどこまでもだ」

「あの世までも？」

初花は笑いながら問いかけた。

「おうよ。おめえが心中したいってのなら、俺は構わねえぜ」

「死するときは一緒でも、行き先は違います」

初花の行き先は地獄にほかならない。

片棒は担がせているが罪のない駿一郎まで伴っていくつもりはなかった。

そのあたりの空気は駿一郎でも察知《さっち》できるらしい。

「おめえが地獄に行くのなら、閻魔大王《えんまだいおう》に掛け合って俺も地獄行きの通行手形をもらうぜ」

「ふふ、やめておいたほうがよいですよ。わたくしが殺めた連中が手ぐすねを引いて待ち構えています。地獄の鬼どもを籠絡《ろうらく》して仲間につけ、徒党を組んで襲いかかってくるでしょう」

町人たちが入り乱れる中にありながら、乗物は無人の野を行くがごとくすいすいと進み、両国橋に差しかかっていた。

「いくら初花が強くてもそれじゃあ勝ち目なんぞねえ。地獄に落ちたらぎたぎたにされちまう。どうだい、こんなことさっさとやめて、俺と一緒に遠くに行って暮らそうじゃねえか」

「駿一郎はまだわたくしというものが分からないようですね。戦いをやめるわけには参りません」

「その先が地獄であってもか」

初花は一呼吸置いてから答えた。

「わたくしはすでに地獄におります」

その一言に胸を衝かれたのか、おしゃべりの駿一郎が黙り込んだ。

乗物は両国橋を渡りきると、竪川《たてがわ》沿いを東へと進んだ。

三ツ目橋につながる通りとの辻を南に折れ、四町ほど進んだところにある武家屋敷の前で止まった。

到着を待ちうけていたかのように門扉が開かれ、乗物が屋敷に入っていく。

駿一郎が目を見開き、口をぱくぱくと動かした。

「こ、この屋敷は長谷川平蔵さまの役宅だ。乗物の中にいるのはいったい何者なんでえ」

「鼠落としを遣って幾人もの命を奪った男です。名は正木利充」

門扉はなにごともなかったように閉じられた。

「そんな野郎が大手を振って平蔵さまの役宅の門をくぐって行ったってのはどういうわけだい」

「そこまでは分かりませぬ。ただ、これで平蔵さまと正木利充とのつながりが明らかになりました」

通りの両側は武家屋敷で、往来がほとんどなかった。二人が一所《ひとところ》に留まっていると、どうしても目立つ。

「ここを離れるといたしましょう。行き先さえ分かれば長居は無用」

初花は踵を返して歩き出した。

「おいおい、どこに行くんだ。ちぇっ、聞いたことに答えろって」

駿一郎は文句を言いつつ初花に続く。

二町ほど歩いたところで、初花は何者かが後追いしているのに気づいた。

「あちらも気づいたようですね」

ふふっと笑う。

「なんだよ？　今日の初花はわけの分からねえことばかり言いやがる」

「後を尾《つ》けているのは一人です。三ツ目橋のたもとまで戻ったところで二手に分かれましょう」

初花は言い終えると歩調を速めた。

四

半刻後、居間にいた長谷川平蔵のもとに廻り方与力が入ってきた。平蔵と視線が合うと目をそらしてうつむき、一間ほど離れた場所に控える。与力の報告を先読みした平蔵は、牛顔をゆるませて口を開いた。

「逃したか」

「手練れの者に女を追わせたんですが、見失っちまいまして」

与力は頭を垂れたまま、力なく答えた。

ごうと空が鳴り、開け放った障子のあいだから強い風が吹き込んできた。湿気を孕んだ重く冷たい風だ。

朝から穏やかな天気だったが、今は崩れそうな気配を感じさせた。

風を受けた中庭の植木の葉が揺れている。

その横で牡丹が寂しく枯れていた。鉢土がからからに乾いている。

「気にするな。女を捕らえる手立てはほかにも打ってある」

平蔵はにんまりと笑みを浮かべた。

「と、おっしゃいますと」

「女と一緒にいた男だ。相手が二手に分かれたとき、おまえは差口に女を追わせた。それがしは別の者を放って男の素性を探ったのだ」

与力は「ほう、それで？」と平蔵を促した。

「辻で飴を売る取るに足らない輩《やから》だった。だがあの女にとっては大事な男らしい」

「なるほど、そいつを捕らえれば、女のほうからやってくるって寸法ですな」

「そのとおりだ。ぜひとももう一度顔を合わせたいものよ」

平蔵は柔らかな声で与力に応じた。

「へへ。まるであの女に惚れ込んでいるみたいですぜ」

「そうかもしれぬな。ただし次に会うときは拷問蔵の中だ」

平蔵の言葉に引きこまれたのか、冷たい風が居間に吹き込んだ。

「もう一つ、面白い話を耳にした。大奥の中臈に短い垂髪の者がいるらしい。頑迷《がんめい》な者らしく髪形を変えぬとか。この中臈がまたとない美形だというのだ」

「大奥のご中臈の話なんぞ思いもつきもしませんや」

ぽつりぽつりと陰気な音を立てて雨が落ち始めた。

薄暗い居間の中で、平蔵の目が異様な光を放っている。

「鈍い奴だの。短い垂髪をした美形の女と聞いて気づかぬか」

「かたやご中臈、かたや公儀に牙を剝く狼のごとき女。重ねたくても重ねようがねえでしょう」

「たいがいの者はそこで考えるのをやめてしまう。だがそれがしは違う。特異な髪形で美形——それだけでも一致するのであれば、同一人物かもしれぬと疑い、事実か否かを吟味するのだ」

与力はうなり声をもらした。

「御本役、そいつぁいくらなんでも無理です。そもそも大奥の中臈が城外に好き勝手に出るなんぞできません」

「そこさえ解決できれば、別人とは言い切れなくなる。以前に美温羅衆は忍びの技を遣うと言ったであろう。変化の術を用いれば、ほかの者に化けることもできる。たとえば大奥に出入りする女商人に化けるとしたらどうだ」

平蔵は小さく顎をしゃくった。

「そこまではどうかねえ。推測に憶測を重ねるってやつですよ」

与力の言葉など平蔵の眼中にはない。

「実はな、そちらにも手を打ってある。大奥に出入りする商人たちの顔触れをたしかめさせておるのだ。その中にかの中臈と成り代わって出入りする者がおるかもしれぬからの」

五

三日後、美鈴が長局にやってきた。

初花の部屋に入るや、もどかしげに小簞笥を下ろして口を開く。

「多聞さまから言伝《ことづて》を仰せつかって参りました。三日前より駿一郎さまからの音沙汰《おとさた》が途絶《とだ》えたと」

初花の前ではいつも張り合っている駿一郎と多聞だが、頻繁に連絡を取り合い、互いの動きをよく摑んでいた。

初花は針で刺されたような痛みを胸に感じた。

「わたくしが駿一郎を最後に見たのも三日前です」

常に動き回っている駿一郎だから、連絡が二、三日途絶えるのは珍しくない。

だが今回は違った。追尾者を振り切るため三ツ目橋のたもとで駿一郎と分かれた後に、なにかが起こったと考えねばならない。

「心当たりがあるのですか」

「駿一郎はかどわかされたのだと思います」

美鈴が表情を曇らせた。

口には出さないが、美鈴は駿一郎の贔屓ぶりに心を惹かれていると初花は読んでいる。

「姉さま。どうしたらよいのでしょう」

「ここを出て、駿一郎を助けに参ります」

美鈴は驚いたように目を見開いた。

「駿一郎さまの居場所をご存じなのですか」

「長谷川平蔵さまのお屋敷です。駿一郎を押さえれば、わたくしが必ず動く。平蔵さまはそう考えたに違いありません」

美鈴には、奇気六術の遣い手の話や火盗改の動きなど、これまでの出来事をすべて伝えていた。

「ならば姉さまの来るのを待ち構えているのでは。それに、あの屋敷には奇気六術の遣い手、正木利充がおるはず」

初花はきっと宙を見つめた。

「分かっています。その男を倒さねば駿一郎を救えないことも」

「姉さま、大丈夫でございますか。万が一のことがあれば、もうここには戻れなくなりましてよ」

「そのときはあなたが初花になりきれば済むこと。そつなく立ち回っていさえすれば大丈夫です」

美鈴が顔色を変えた。

「姉さまがいなくなれば、美鈴がここにいる理由もなくなります」

初花は決して忘れてはならぬ出来事に思いを至らせた。

美温羅衆のあいだでは、臨月近くなった女は美作国にある山深い里に戻って子を産む決まりがあった。そこで生まれた子は美温羅衆の一員として働けるようになるまで母とともにいて修行を積むのである。

美鈴は早くから父母を亡くしていたため、初花の母親が引き取って初花と姉妹同然に育てていた。

今から十年前、美温羅衆殲滅《せんめつ》を意図した幕府は初花たちのいる里を襲った。

女たちは懸命に抵抗したが、押し寄せる敵の数に圧倒され、次々と殺されていった。子供も容赦なく命を奪われた。

戦況が絶望的になったとき、初花の母親は初花と美鈴を隠し扉の奥に押し込めたのだった。

そのあとの忌まわしい出来事は、思い出すのも息苦しい。

乗り込んできた敵の首領の手で母親が殺されたのだ。

隠し扉越しに聞こえた肉を断つ鈍い音と母親の悲鳴は、今も初花の耳から離れない。

それは美鈴も同じだった。

初花と美鈴は復讐を固く誓い合っていた。

それだけではない。幕府は里を壊滅させた後に美温羅狩りを行い、方々に散らばっていた美温羅衆を虱潰《しらみつぶ》しに殺していった。

今や美温羅の生き残りは、初花と美鈴のほかわずか。

美温羅衆滅亡の報復を果たすためにも、初花がここで挫折するわけにはいかなかった。

「わたくしは必ず戻って参ります。本当の敵を倒すまでは」

初花は顔をきっと持ち上げ、強い口調で言い放った。

「姉さま。わたしの心配はほかにもございます」

初花は美鈴の目を見てうなずいた。

「昨日から、大奥に出入りする商人を一人一人呼び止めて、用向きや荷の中身をたしかめていると聞きました。あなたもそのような目に？」

十年以上出入りしてきた者まで呼び止めて調べているという。

「はい。七ツ口に入るためには、広敷添番の厳しい検分を受けなければなりませんでした。出てきた者にも同じ扱いをすると聞かされております。出入り両方で検分するとは尋常でありません」

長谷川平蔵の牛顔が初花の脳裏に浮かんだ。

どうして気づいたのかは不明だが、早くも初花の正体を摑みかけている。

恐ろしい男――初花は白刃《はくじん》を喉元に突きつけられたような戦慄を覚えた。

「検分の目的は、密かに大奥を出入りする奥女中を捕らえんがため。つまりわたくしを標的としているのです」

美鈴は目をきょろきょろさせて狼狽《うろた》えた。

「まあ、どうしましょう。大奥の誰を訪ねるのかと問われ、初花さまと口にしてしまいました。姉さまが出ていけば厳しい吟味を受け、場合によっては捕縛されるかもしれません」

「わたくしは姿形《すがたかたち》だけでなく、声からしゃべり方、仕草に至るまで美鈴を演じきることができます。心配は要りません」

「でも……」

「急がねば。出立《しゅったつ》の支度をいたしましょう」

二人は化粧道具を取り出し、互いの顔を整えはじめた。

六

「御本役、初花に用があると申し出て大奥に入った女が七ツ口から出てきました。きっちり吟味をしましたが、先の女と相違ないため通した次第で。とはいえ、ご命のとおりに、あとを尾《つ》けさせております。その者からの言伝では新大橋に向かっていると」

「獣が野に放たれたか。奴は誘いに乗ってこの屋敷に向かうはず」

平蔵は顎の先を指の腹でなでて回した。

「いつもながらなんの話なのかさっぱり分かりませんや」

「分からなくてもよい。ただこれだけは言っておこう。おぬしたちの本性を解き放つときが来たとな」

与力は「お」と告げてから、にたあと笑みを浮かべた。

「そいつを待っていやした。役人面《やくにんづら》にゃあほとほと飽きたんでね。ついに思うがまま暴れ回れるときが来たってわけですね」

「今日は腕試《うでだめ》しと思え。その女と戈《ほこ》を交えるのだ」

平蔵の弁に、与力は舌舐めずりせんばかりの声で応じた。

「さあ、どう料理いたしやしょうか。女が憐れみを請うて泣き叫ぶところを、じわりじわりといたぶるってのはどうです」

「簡単な相手ではない。すべての与力同心に伝えよ。この屋敷に近づけぬよう総力を挙げよとな。女を斬り捨ててもかまわぬ」

与力はぐへへと笑った。

「ここに一人で乗り込んでくるんでしょ。ずいぶんと豪気《ごうき》な女だ。駿一郎って飴屋がそれほど大事なんですかねえ」

「あの女にとって飴屋の男の救出は言い訳に過ぎぬ。正木利充との決着をつけにくるのだ」

与力は眉間に皺を寄せた。

「その利充ってお人にゃあとんと心当たりねえんで。この役宅の中にいるんですかい」

「恐ろしい男よ。それがしにすら、どこにおるやら分からぬ。変化もいたすというからな。もしやおぬしが利充ではなかろうな」

「め、滅相《めっそう》もございません」

「利充は人の命を奪うなどなんとも思わぬ男だ」

顔色を変えた与力だったが、平蔵の言葉を聞くと一転して薄笑いを浮かべた。

「それならば、今の火盗改すべての者が正木利充でさあ」

「ふふふ、よく言った。あの女を血祭りに上げるのだ。だが抜かるなよ。手強いぞ」

平蔵は釘を刺しておくことも忘れなかった。

七

初花は新大橋を渡った。

陽射しが徐々に弱まりつつある。普段なら人通りでにぎわう道も、ひっそり静まり返っていた。

ぽっくりを恐れて誰も外に出ようとしないのだ。恐れを手立てに江戸の住人たちを支配する目論見《もくろみ》が、ものの見事に具現《ぐげん》されていた。

橋を渡りきったところにある幕府の籾蔵《もみぐら》の前は、風が吹きすさみ砂を巻き上げていた。

砂塵の中、初花に向かって歩む一群の男たちが見えてきた。火盗改に相違ない。

人数にして十人。十間の隔たりまで近づいたところで、前の七、八人が刀を抜いた。

後方には捕り縄を手に淫靡な笑いを浮かべている男たちがいる。

その顔つきと態度には、公務の任とは無縁の暴虐《ぼうぎゃく》さが見て取れた。

長谷川平蔵が、火盗改そのものの本性をすっかり変えてしまったのだと初花は思った。

江戸の町を恐怖で支配するのにうってつけの集団へと変貌させていたのだ。

「やれっ」

中央に立つ男が声を発した。

刀を手にした男たちが、獣のごとく吼えながら初花に躍《おど》りかかってくる。

初花は男たちに向かって走った。

「ああっ」

走りながら喜悦《きえつ》の声をもらす。

ごおっと音を立てて強い風が吹いた。大量の砂を巻き上げ、荒れ野のごとく人気のない通りに吹きすさぶ。

通りはざらつく砂塵に覆われ、蜃気楼《しんきろう》を思わせる光景となった。

しゅぴん、しゅぴん。

肉を斬り裂く音が風音の中で鋭く響く。

低い叫び声、肉のぶつかる音が続いて聞こえた。

風が止まり、砂埃が収まったとき、男たちすべてが血の海に沈んでいた。

その中央に、切っ先を天空に向けて残心する初花の姿がある。

「ううっ」

うめきに似た低い声が背後から聞こえた。

初花が目を向けると、背が低く目端《めはし》の利きそうな男が立ちすくんでいる。初花を追尾していた男であろう。

「ふふ」

笑いかけると、男は顔を引きつらせて脱兎のごとく姿をくらました。

初花は、庇の影に覆われた通りを再び進み始める。

八

「新大橋を渡ったところで第一陣が女を攻めましたが、すべて殺されました」

報告する与力の声にはぴりぴりとした緊張が感じられた。

第一陣の凄惨な最後を聞かされ、初花がいかに恐ろしい相手であるかを思い知ったのであろう。

「おまえたちが全力を挙げても討ち果たすことができるかどうかが分からぬ相手だ。心してかかれい」

「ははっ」

与力は低頭して去っていった。

居間に一人残った平蔵は「さて」とつぶやいて立ち上がる。

陽は沈み、暗闇が急速に領分を広げつつあった。

肩衣《かたぎぬ》を取ると、袴まで脱いで着流しの姿となった。

中庭へと下り、枯れ果てた牡丹の鉢に語りかける。

「いまだ春の訪れにも気づかず眠り続けておるのか。愛《いと》おしい奴。眼が覚めたときには春爛漫《はるらんまん》。あの女の血を肥やしに注いでつかわそうぞ。美温羅の女の血は命の息吹《いぶき》にあふれておる。死にたる命すら甦《よみがえ》らせるのだ。のびのびと葉を広げ、これまでにない花を咲かせるがよい」

美温羅衆の里を襲った際、強襲軍は妊婦の腹を割いたうえで胎児までも殺した。

美温羅の女の血を胎児がすすれば、死する女体からでも赤子が生まれるとの言い伝えがあるからだった。

平蔵は中庭の中央へと目を向けた。

「正木利充、ここに出でよ」

その声は、中庭の奥に埋められた岩石にはね返り、冷たい反響を残した。

九

籾蔵をあとにした初花は、六間堀川《ろっけんぼりかわ》に沿って北に進んだ。か細い月が空に昇り、弱々しい光を放っている。

六間堀川と五間堀川の合流点の手前にある橋を渡り、東に七町ほど進めば平蔵の屋敷があった。

だが、無難に屋敷まで辿《たど》り着けるとは思っていない。

初花は、先に待つ男たちのむせかえるような体臭をすでに嗅ぎ取っていた。

案《あん》の定《じょう》、平蔵の屋敷まであと四町のところ、伊予橋《いよばし》のたもとで十二、三人の屈強な男たちが初花を待ち受けていた。

「うおおっ」

男たちは、初花の姿を見るや雄叫びを上げて向かってきた。

持ち上げるのも困難に思える巨大な刀を手にした大男がいる。

左右に動いて初花を幻惑しながら近づく男もいた。

十手のみを手にした中背の男は捕縛術の達人かもしれない。

どの男も初花と一対一で戦えるだけの技倆の持ち主だと感じ取れる。

それらが一団となって襲いかかってきたのである。

「嬉しゅうございます」

初花は草履を脱いで裸足となり、背に負った刀を抜いた。

姿勢を低くして男たちに向かって駆け出す。足裏がひたひたと地面を叩き、頬に当たる夜風の冷ややかさが心地よい。

かすかな月明かりを浴び、夜陰の中に素足が白く浮かび上がっていた。

男たちと初花の体が一つになる。

しゅぴっ、しゅぴん。

宙を斬り裂く刃の音が鋭く響き渡った。

「ぐおっ」

それだけで半数の男たちが遺骸となって転がっていた。

「ぜがひでもここは通さねえ」

与力らしき装束の男が血走った目で叫んだ。

「その心意気、あっぱれに存じます」

初花が穏やかに言うと、与力は激高《げっこう》した。

「ふざけやがって」

周りの男たちも怒りを露わにする。

だが初花は、これ以上男たちに関わる必要を感じていなかった。

「わたくしは先を急ぎまする」

言い捨てて男たちに背を向ける。

「待てっ」

与力の声に足を止めた初花は、振り返って男たちに告げた。

「まだ分かりませぬか。あなたがたの命脈《めいみゃく》はすでに尽きております」

「なんだと」

男たちはみな目を剝いた。

その直後、「うがあっ」と苦しげな声がいくつも響く。

男たちは全身から血を噴き上げ倒れていった。

与力も例外ではない。おのれの血飛沫を顔に浴びながら悶絶した。

人気の消えた場にさわさわと風が吹き込み、充満した血の臭いをあっさりと運び去る。

四つ辻には、何事もなかったかのように静寂が訪れていた。

初花は踵を返すと、再び平蔵の屋敷に向かって進み出した。

徒歩から小走り、さらに疾駆へと変っていく。その速度は進むほどに増し、限度がないかと思わせた。

顔に当たる風を痛いほどに強く感じる。短い垂髪が激しく波打ちながらなびいていた。

初花を待ち受ける男たちの群れが見えてきた。

あっという間に眼前に迫る。

男たちの横を、初花は風のごとく横切っていった。

すれ違いざまに肉を断った感触が、初花の手元に快く残る。

獣の本性を露わにしたおのれの姿に、心の痛みどころか、この上ない快楽を感じていた。

二町も進まぬうちに、またも男たちの屯《たむろ》する場が目に入った。

さらに速さを増した初花の姿は、風と一つになっていた。

男たちは、初花が視界に入っているはずなのに無防備のままでいる。二間まで迫ったところで、先頭の男がようやく気づいたようだった。

その横を初花はさっと通り過ぎる。あとは男たちのあいだを縫うように駆けていった。

「ぎゃあっ」

「うげっ」

肩越しに男たちの悲鳴が聞こえる。

初花は足の運びをさらに速めた。

十

平蔵の役宅では与力同心たちが右往左往していた。

いずれも一騎《いっき》当千《とうせん》の面構《つらがま》えの者ばかりだが、顔には困惑が見て取れる。

平蔵は家来の乱れる様を、あざけりの笑いを浮かべて見ていた。

そこにいつもの廻り方与力がやってきた。

「第二陣、第三陣もすべて殺されちまって。とんでもねえ女だ……」

平蔵は与力の報告をさえぎった。

「もうよい。しょせん、おまえたちの手に負える相手ではなかった」

「どうすりゃあ、いいんですかい」

与力は怯えた顔で平蔵に指示を求めた。

額にも首にも汗がまったく見えない。

「おまえたちの出番はもうない。ここからは利充に任せよ」

平蔵はぬうと立ち上がった。

「えっ」

驚いた顔でいる与力を見下ろす。

「忘れておった。おまえにはまだ役目が残っておる。利充の出立に色を添えてもらおう」

言うが早いか、抜きはなった刀で袈裟に切り伏せた。

「ぐえっ、な……なにをする」

虫の息で問う与力に、平蔵は冷たく笑いかけた。

「正木利充とは、長谷川平蔵がまたの名よ」

利充――いや平蔵は障子を開くと中庭に下りた。

そこから矢のような速さで動き、あっという間に姿を消した。

十一

初花は平蔵の役宅の塀を軽々と跳び越えた。

「げっ」

見張りの男を素早く斬り捨て、本殿へと躍《おど》り込む。

屋敷の中は混乱しており、初花の姿にすら気づかないようだった。

やがて表と中奥をつなぐ廊下へと出る。

そこに牛顔をした大男が立っていた。

初花は足を止めた。走りながら斬撃を繰り返してきたゆえに息は弾んでいる。だが疲れや息苦しさは微塵《みじん》も感じなかった。

「正木利充、いや長谷川平蔵さまとお見受けいたしました」

大男は厚めの唇の端を持ち上げ、人懐《ひとなつ》っこい笑みを見せた。

「ほほう、気づいておったか」

「勝之進は鬼神組の頭目の命で動き、頭目は反町無格の命令下にありました。さらに蝙也斎、亜久里――あなたがたは武の強弱の序列で命を下す側と受ける側が定まっております」

これまでの戦いの中で、初花が体感した事実だった。

より強き者に対する畏怖が武芸者同士の序列を堅固《けんご》なものとしている。つまり恐れの感情で世を支配しようとする者たち自身が、恐れに支配されているのだ。

「すなわち、あなたがたの序列の最上位に君臨する者は、武芸に最も秀でている結論となります。それこそが奇気六術の遣い手、正木利充」

「それだけでは、それがしが利充である理由にはならぬぞ」

平蔵は泰然《たいぜん》として語る。師が弟子と問答しているかのごとき口調だ。

「あなたがたは恐怖で世を統《す》べようとしている。そのために世人に恐怖を植えつける者たちを放ってきました。その者たちの鍛錬の場が人足寄場です。寄場設立を建言し、かつ作り上げた者――すなわち長谷川平蔵を企みの中心たる人物と見なすのは必然」

そうと知らぬ家斉は、平蔵に厚い信頼を寄せている。

「ならば、おぬしがここに来た目的ははっきりしておるの。この利充を、いや平蔵を斬るがため」

「平蔵さまは美温羅衆の殲滅を意図なされました。すなわち我らが仇敵でございます」

「ふふ、そうでもしなければ、こちらが喰われる。美温羅は権力や政には興味がなく、ただ戦いを好む。泰平の世には害になるばかりだ。一人たりとも生かしておくことはできぬ」

徳川幕府の成立からしばらくは、不穏な動きが各地にあった。美温羅衆は影の力となって謀反の芽を摘み、闇に葬ってきた。

いわば盤石の体制を築くまでの功労者なのだが、幕府はあっさり切り捨てた。

その中枢に長谷川平蔵がいたと初花は結論したのだった。

「泰平の世とはよくも言ったもの。恐怖による支配が本音ゆえ、なにごとにも縛られぬ美温羅衆が野望の達成に邪魔なのでございましょう」

初花と平蔵は同時に刀を抜き払った。

「御本役」

どたどたと足音を立てて、初花の背後から男たちが駆けつけてきた。

粗野で荒々しい連中だが、平蔵に忠誠を誓っておのれの命すら顧みぬ者たちだ。

ところが平蔵は厳しい声で言い放った。

「邪魔をするな」

その直後、初花は胸に猛烈な痛みを感じた。

さらに太鼓を思わせる音が抑揚《よくよう》を繰り返しながらわんわんと耳の奥に響いた。その響きは頭の中を攪拌《かくはん》し、強烈な頭痛をもたらした。

間違いない。平蔵は鼠落としを用いたのだった。

落とされた者は奈落の底に沈み、二度と戻ることはない。

しかもその威力は、両国広小路で感じ取ったものとは比較にならない強さだった。

鼠落としは、平蔵を助太刀しようとやってきた家来たちを直撃した。

三十人ほどいただろうか。いずれもその場に倒れ伏した。泡を吹き、胸を掻きむしりながら次々と悶絶していく。

初花の本能が恐怖を叫んでいた。

「強い。あまりにも……このお方には勝てぬ」

あまりの恐ろしさに涙が出てきた。我知らずひくひくと嗚咽《おえつ》をはじめる。

だが、感情を動かしたのは初花だけではなかった。対峙する平蔵の顔にも、わずかだが存外《ぞんがい》の色が浮かぶ。

「鼠落としで死なぬのか。なぜだ?」

平蔵の言葉とは関係なく、初花の体の奥で冷たい炎が燃え始めていた。炎は恐怖を餌として喰らいながら勢いを強めていく。

これまでにない冷たい血が体の隅々まで行き渡っていくのを感じた。

気がつけば体の震えが止まっている。嗚咽も消えていた。

涙でぐしゃぐしゃになった目を拭うと、仁王立ちする平蔵の姿がくっきりと見えた。

「ふふ、うふふ」

我知らず笑いが込み上げてくる。

「弱さでございます。弱い者が弱さを素直に認めたとき、恐ろしきものに心の底から怯えたとき、折れかけた心がしなり返すのでございます」

初花は、雪の重みを跳ね返す竹の強さに例えた。

平蔵は驚嘆を隠さなかった。

「あらがえば鼠落としの力をまともに受けて死に至る。だが術を受け入れ、ただただ恐れることで、力の作用から逃れることができるというのか」

「左様でございます」

平蔵は、うわはっはと天を向いて豪快に笑った。

「面白い。まさに暖簾に腕押し。あの与力が言ったとおりだ。それがしはおぬしに惚れてきたらしい。ならば、よいところを見せねばな」

「うれしゅうございます」

初花は柄を握り直し、血で赤く染まった刃を平蔵に向ける。

「うれしいだと？　これは笑止。鼠落としなど、ほんの小手調べだ。本当の奇気六術の恐ろしさを存分に味わわせたうえで殺してしんぜよう。おぬしはまだ本当の恐怖を知らぬ。心身のすべてが縮こまり、もはや動くことすらできぬ恐怖をな」

「いかようにも。ああ平蔵さま。初花は昂ぶりを抑えきれませぬ」

どうにも収まらない愉悦が、腰から脳髄に向けて走り抜けていた。

十二

「むっ」

目の前にいたはずの平蔵が消えていた。

奇気六術の一つ、大小の術を用いたに違いない。初花の視界から消えるほどに小さくなったのである。

鼻孔、口腔、耳の穴、涙の出所、菊門、さらには陰門と、初花には外界に向けて穴をさらしている場所がいくつかある。そこに侵入され、平蔵が体を肥大させたら初花は破裂する。

「どうだ。いかようにもできまい。本当の恐怖というものがようやく分かったであろう。だが、ただ恐れを抱かせて殺すことはしない。圧倒的な絶望感を味わわせたうえで、じわじわと命の柱を削っていくのだ」

初花は静かな声で告げた。

「恐れるには足りませぬ」

「なに？　この女乱心いたしたか」

「たとえ見えずとも、平蔵さまはたしかにいる」

初花はそっと目を閉じた。

視覚を断ち、残りの感覚に意識を集中したのだ。

いかに体を小さくしても体臭までは消せない。錬磨を重ねた初花の耳ならば、蟻のささやきさえ聞き取れた。加えて肌で風の動きを悟り、そこに平蔵の動きが含まれていないか吟味する。

平蔵の居場所は初花から手に取るように分かるのだった。

「しゃっ」

初花は眼を閉じたままで刀を振る。

　すると剣尖《けんせん》が布を断った感覚が手に残った。

　平蔵が初花から遠ざかる気配を感じる。

「こやつ、それがしの居所が分かると申すのか」

　平蔵の声がいずこからともなく響いてきた。

「はい。近寄れば死あるのみ」

　初花は飛翔する蠅の足の一本をも斬り落とすことができた。相手の場所さえ分かれば、体の小ささなど無意味となる。

「ますます面白くなってきた。しからばこれならどうだ」

　ぶおんと大きな音がした。

　続いて起こった暴風を体に受け、初花は吹き飛ばされそうになる。

　かろうじて踏み留まって目を前に向けると、巨大な毛むくじゃらの足が見えていた。

　見上げても腰まで見えるのがせいぜい。その上は霞の中におぼろげにあるだけだった。

　平蔵は目に見えぬ大きさから、山をも越える巨人へと一気に変貌したのだった。

　急速な膨張《ぼうちょう》が空気を押し退け、爆風を発生させたのだ。

「小さいのう。蟻と同じ。押し潰してやろうぞ」

　ぬうっと足が伸びてきた。巨大化しているため、ゆっくりした動作に見えるが、実際には瞬速の動きと変わりがなかった。

それが証拠に、逃げ足速いはずの初花が、たちまち足の影の下に入っている。

平蔵の足の裏が視界一杯に広がる。土踏まずのへこみ、さらには指紋までがありありと見て取れた。

「安心いたせ。すぐには殺さぬ。動かぬ程度に押さえつけてから、だんだんに重みを加えていくのだ。意識を残しながら、口から臓腑《ぞうふ》を吐き出すときの気持ちはなんとも言えまいぞ」

初花は左右に身をかわしながら逃げるのだが、平蔵の足の影は初花を捉えて放さなかった。逃げ惑う初花を追って楽しんでいるようだ。

初花は反撃を試みた。

頭上に迫った足の裏に向けて、刀を突き上げたのだ。

「あっ」

刀は跳ね返され、初花の手から吹っ飛んでいた。

平蔵は大小の術と同時に硬軟の術も遣っていたのだ。

「やれやれ、刀もなくしたか」

ずおっと平蔵の足の裏が迫り、頭から首、肩、さらには腰まで衝撃を受けた。

押し倒された初花は身動きできなくなる。

平蔵は一気に踏みつぶさず、足の力を加減して初花の呼吸がままならぬ程度に押しつけてきた。

息ができぬ苦しみを与えながら徐々に力を加えていくつもりなのだ。

「くっ」

初花は息苦しさに身《み》悶《もだ》えした。だが、まったく体が動かない。

足の力が強くなってきた。

意識が朦朧《もうろう》とする中で、これから我が身に起こる酸鼻《さんび》極《きわ》まりない状況を思い浮かべる。

自ら死を選ぶほうがどれほど楽か。

ところが顎の動きさえ思うにまかせず、奥歯に仕込んだ毒の丸薬を噛み切ることもできなかった。苦しみのみを享受《きょうじゅ》しなければならないのだ。

だが絶望と脱力に心が支配されかけたとき、雷撃のごとき衝動が走った。

かすかに残った意識の欠片が反旗をひるがえしたのだ。

たちまちにそれは全身に伝わり、萎《な》えきっていた体に生気と力をもたらした。

「むうっ」

押しつけられた体からは声すら出ない。心の中で極めた気合いだった。

「うがっ」

天上からくぐもった声が聞こえ、初花を押しつける足の力がほんの少し弱まった。

初花は素早く足の下から這い出す。

跳ね飛ばされた刀を拾い上げて平蔵に体を向けた。

「こしゃくな奴。こともあろうに鼠落としを遣い手に見舞うとは」

風が渦巻く中で低い声が響き渡る。

風が収まったときには、平蔵は初めに見たときの大きさとなっていた。

「平蔵さまがご家来を皆殺しにされたとき、わたくしの頭や心ノ臓にも鼠落としの波動が襲って参りました。そのときの波を模写《もしゃ》して送り返しただけにございます」

「鼠落としの技を一度受けただけで我がものにしたと言うのか」

「いえ、そこまでは。ですが、わたくしを踏みつぶそうとする平蔵さまの心には隙がございました。そこに付け入るならば、にわか仕立ての鼠落としでも十分だと」

平蔵は大口を開けて笑い出した。

「うわっはっは。愉快愉快。これほどの戦いはこれまでなかったぞ。しかも相手は女だ。だがな、おまえがあらがうほどそれがしの心は燃え立つのだ。奇気六術、まだまだ種は尽きぬぞ。苦しむのだ。のたうち回るのだ」

人の苦痛を喜びとして生ける者――平蔵の真の正体が明らかになりつつあった。

初花は夢見心地で語る。

「平蔵さま、あなたはお強い。わたくしがこれまで戦ったどの男よりも。それゆえ、わたくしは平蔵さまのお命が欲しゅうございます。もっともっと、わたくしに強さをお示し下さいませ。わたくしを恐怖のどん底に突き落として下さいませ」

「まるで邪淫《じゃいん》の虜《とりこ》となった女のようだな。まあよい。望みどおりにしてやろう」

「それでこそ正木利充の名を騙る御仁にふさわしゅう存じます。地獄にお帰りあそばせ」

初花も平蔵と変わらなかった。平蔵を殺戮《さつりく》することのみが喜びとなり信念ともなっていた。

そこには美徳も正義もない。互いの持つ邪悪な本性のみに突き動かされていた。

十三

「これはどうだ」

平蔵はふわりと宙に浮いた。奇気六術の一つ、軽重の術を見せたのだ。

初花は返事をする代わりに斬りかかった。

平蔵はまったく避けようとしない。

初花の刀が触れる寸前に平蔵の体はするっと斬撃から逃れた。

初花が二の太刀、三の太刀を放ったが結果は同じだった。

「これは……」

「おまえが作る刀風に押されて体が動くのだ」

いくら刀を振っても、そこから起こる風で平蔵の体がふわりと逃げてしまう。

「ならば」

初花は引き寄せた刀を平蔵に向かって突き出した。刀の動きで生じる風はわずかだ。

だが、それすらも結果は同じだった。

「はは、突いても無駄だ」

無に等しい重さとなった平蔵の体は、突きで生じるわずかな風にすら押される。これではどうあっても平蔵を斬ることはできない。

「次はこれだ」

平蔵は、ふわりと舞って近くの岩の上に立った。

武家屋敷の庭には不似合な三丈ほどもある巨大な岩石だ。

「むん」

平蔵がくぐもった声を発すると、大きな響きとともに足元の岩石がぱっくりと割れた。

二つとなった岩石の中央に平蔵が立っている。

今度は一気に体の重みを増したのだ。

それにしても岩をも砕く重さとはいかなるものか。

「次はおまえの番だ」

平蔵は再び浮き上がり、すうっと初花に寄ってきた。

「思うようにはさせませぬ」

初花は遮二無二《しゃにむに》刀を振るった。刀の起こす風がゆえに平蔵を斬れぬのならば、刀の風で近づく平蔵を追い払えるはずだ。

が、平蔵は追い払われ遠のいてもしつこく接近した。

「うん、しゃあっ」

一振りごとに息が荒れてきた初花とは異なり、平蔵はふわりふわりと浮かんでいるだけで呼吸一つ乱れていない。

すうっと横に動いては初花に近づいてくる。

「ははは。振りがだんだん鈍くなってきたぞ」

疲れがゆえに生じた隙をついて、平蔵が初花の手元にすっと入った。

初花の刀に手を伸ばし、刀身をやんわりと摑む。

「これでおぬしに勝ち目はない」

平蔵は勝ち誇った声で言った。

刹那の後には、初花の頭か肩に平蔵の足が添えられる。

直後に岩をも砕く重みが生身の初花を襲うのだ。

「猛々しき女獣《にょじゅう》よ。ここまでだ」

肩口に平蔵の足が載せられようとしている。

刀を摑まれており、初花は避けることも撥ねのけることもできない。

「潰される」

恐怖に肌身がそそけ立ち、背骨から脳髄に猛烈な震えが駆け上った。

「観念いたせ」

それでも初花は平蔵の言葉にあらがう。

「あきらめませぬ。真の力とは恐怖と絶望を極めた先に現れるもの」

「笑止」

平蔵が気合いを入れた。体重を無から山の重さへと切り替えたのだ。

どおん。

雷鳴を思わせる音とともに、砂煙が舞い上がった。

爆薬が破裂した直後のごとく、砂塵に覆われなにも見えなくなる。

砂同士が宙で擦れ合うさらさらとした音以外聞こえなくなった。

やがて一陣の風が吹き、砂埃を持ち去っていった。

そのあとに、素足ですっくと立つ初花の姿が浮かび上がっていた。

足元には胸から上を地面からのぞかせた平蔵の姿がある。

土埃を頭からかぶり、精悍に見えていた顔には老いが浮かんでいた。

「待っておったのか」

平蔵は苦しげな息を吐き出しながら問うた。

「はい、あなたさまへの恐れが、わたくしにそのときを教えてくれました」

「くくっ、こともあろうに軽から重への移ろいの刹那に斬り込むとは」

平蔵の体が重みを生ずれば斬り伏せることが可能となる。だが一呼吸の何万分の一かの瞬間を見極めて斬り込まねば、初花は間違いなく潰されていた。

「もう一つ問いたい。おぬしはそれがしが摑んでいた刃でそのまま斬り伏せた。なぜできた」

普通ならば、刀を振りかぶらなければ人の体は斬れない。少なくとも引きつける動作がなければ、刀に力すら与えられない。

ところが初花は平蔵に握られた刀で、そのまま掌のみならず平蔵の胴までもすっぱりと斬り抜いてしまった。

平蔵は初花の刀に添えていた右の掌から、二の腕、肩口、さらに左の脇腹までを斬り通されていた。

軽重の意図をくんだ腰から下だけが地面の奥深く沈み込み、上体だけが地面に残されていたのだ。

そんな状況にありながら平然と話をすること自体、常識では考えられなかった。

だが、それとて限界がある。平蔵の顔から血色が急激に失われていくのがありありと分かった。

「できるのでございます。体の重みを一点に集め、そこに水のごとく流し込めば」

「ふふ、よいことを聞いた。地獄の鬼どもを相手に試してやろうぞ」

強気な弁とは裏腹に、平蔵は息が怪しくなっていた。

「美温羅衆の壊滅を意図なされ、かつ人々を恐怖で操ろうと企んだ首謀者《しゅぼうしゃ》はあなたさまでございますね」

その者こそが、初花の母親を直接手にかけて殺した当事者でもある。

ところが平蔵は首を振った。

「残念ながら違う。それがしの上に立って命ずる者がおるのだ。この平蔵を恐怖の奴隷に貶《おとし》め、思うがままに操っておる者がな。その者の手で、それがしは心の芯から別人へと変えられてしまった」

そこまで言ったところで、どろっと血の塊を吐き出した。

荒い息遣いで再び話をはじめる。

「う……だが、おのれを久々に取り戻した気がいたす。そうだ思い出した。牡丹の手入れをいたさねば……」

語尾が震え、みるみる瞳が光を失っていく。

「教えて下さいませ。その者はいったい誰なのですか」

初花の問いかけに平蔵が答えることはなく、意外にも安らかな表情で息絶えていた。

「奇気を断つ、これ斬剣の悟《さと》り」

初花は屍と化した平蔵に合掌すると、疲れ切った体に鞭打って駿一郎の救出に向かった。

十四

平蔵の屋敷の中は、人の動く気配がまったく感じられなかった。すべての者が床や地に倒れ込んでいる。

初花が斬り殺した者よりも、鼠落としで命を落とした者のほうが圧倒的に多いだろう。

駿一郎は役宅の右奥にある蔵の中に捕らわれていた。

行ってみると牢の中で大鼾《おおいびき》を掻いて眠っていた。それが功を奏したのか、鼠落としを受けても命に別状はなかったようだ。

初花は倒れている牢番の懐から鍵を探しだし、牢の扉を開いた。

中に入り、駿一郎の上体を抱き起こして背に活を入れる。

「うっ、むーん」

駿一郎はうなりながら目を開いた。

「おっ、初花じゃねえか。済まねえ。助けに来てくれたのか」

初花が手を添えて立ち上がるのを助けたが、ふらふらとしていた。鼠落としの影響がそれなりに残っているらしい。

「駿一郎、ここを出ましょう」

「ああ、それがいいようだな。俺も牢の外がいい。ここは不便でな。そこに倒れている牢番がつまらねえ奴なんだ。獣みてえにうなって歩き回るだけで、まともな話もできねえ。それがなきゃあ、居心地はよかったんだがな」

駿一郎らしく強がりを言う。

「この屋敷の中にいる者たちは似たり寄ったりです。まともな者は一人もいないでしょう。いずれも平蔵の思うがままに動く野獣のごとき者たちでした」

蔵から出た駿一郎は周囲を見回した。

「へー、こいつらを全部、初花が片づけたってのかい。で、本丸の平蔵はどうした」

「倒しました」

「おいおい火盗改の頭を殺っちまったっていうのかい。とんでもねえなあ」

「これまでに戦った中で最も手強い敵でした」

「おめえの目的とやらも、これでとうとう終わりってわけだな」

初花は首を振った。

「平蔵に命を下している男がいたのです。まだまだ終わらせるわけには参りませぬ」